속터지는 충청말 2

속터지는
충청말 **2**

2021년 12월 20일 초판 제1쇄 발행

지은이   이명재
펴낸이   강봉구

펴낸곳   작은숲출판사
등록번호   제406-2013-0000801호
주소   10880 경기도 파주시 신촌로 21-30(신촌동)
전화   070-4067-8560
팩스   0505-499-8560
홈페이지   http://www.littleforestpublish.co.kr
이메일   littlef2010@daum.net

ISBN 979-11-6035-128-6   03810
값은 뒤표지에 있습니다.

작 은 숲
작은학교

듣다보면 속터지는
알고보면 눈물나는

속터지는 충청말 2

이명재 지음

오서 놀다가 인자 온댜?
공부 허다 인자 오능규
개 콕구녕같은 소리허구 자뻐졌네!

작은숲

머리말 학교는 다니는 곳이고 핵겨는 댕기는 디여   10

1부 꼬도바리 주제에 말은 잘 히유

경건이만 많으믄 기냥 좋았어   14

종재기와 양재기   16

역구리 찔른 늬가 책음져   18

갑절과 곱절, 곱쟁이   20

귀고리와 귀걸이   22

머더러 그렇기 싸댕기넝 겨?   24

개 콕구녕같은 소리허구 자빠졌네   26

모이막과 모이지기   28

닭 꼬랑딩이를 붙잡구   30

토방土房과 뜰팡   32

가서니 그울 점 봐라   34

스신 왕래는 허구 살자구   36

셉바닥 점 내밀어 봐   38

야가 시방 먼 소릴 허넝 겨?   40

그 놈 야중이 혼구녁을 내주자이   42

아츰밥을 먹었다   44

꼬도바리 주제에 말은 잘히유   47

보탤셈, 덜셈, 곱셈, 노늣셈   50

오뗜 여자가 산꼬랑텡이루 시집을 와   53

자전거와 자징거   56

이더러인 왜 간 겨?   59

함께 섭섭해 우옵네다   62

제2부 내가 어렸을 적이 점 베락맞었어

베락, 내가 점 베락맞었어   66

세 빠지게, 새 빠진 소리   68

모냥이 야리끼리허다   70

지둘르다, 찌다랗다   72

밥알과 머리칼이 꼰두스다   74

개갈 안 나네   76

기다와 그렇다   78

소가 오여지다   80

괴타리 추실르다 해다간다   82

방갑다구 손은 잡더먼   84

내 이빨이 흔덩거려요   87

등치는 째깐하두 일을 잘 햐   90

척척혀 죽겄당께   93

우덜 일이 너두 써 주께   96

갔슈, 갔유   99

엥간허믄 자네가 참어   102

뷔난 날 으붓애비 온다   105

세월은 시적부적 우리 곁을 떠나고   108

요 메칠은 꺼끔허네   111

스기헐 짐성이믄 호랭이나 개오지   114

멧 간디만 둘러보구 가께   118

저 묻은 개가 똥 묻은 개 숭본다   121

제3부 오서 놀다가 인저 온댜

그렇기 성성 쓸믄 안뎌   126

늘 그렇구 그런개 벼   128

일이 인저 끝났유   130

여자는 가꿀수루기 이뻐진다구   132

너버덤이야 내가 낫지   134

느이 해는 잘 크넌디 우리 야는 왜   136

미련허게 소마냥 일만 허믄   138

동상덜 오믄 한치 먹어라   140

새약시가 그렇기두 좋은감   142

차진디기가 머래유   144

오서 놀다가 인저 온댜?   146

꼬리말 '-설래미니, -설래미'   148

허잠두 아니구 안 허잠두 아니구   150

늬가 그럴깨비 둘러방친 겨   153

'얼굴이 까매'와 '얼굴이 까마'   156

갸가 말이나 허간디   159

농살 질라두 땅이 있으야   162

난 밥 안 먹을 튜   165

밥을 먹게꾸니 상을 봐야지   168

'뎅이'일까 '딩이'일까   171

쪼개쪼개 쪼개다   174

제4부 원래 우덜은 다 그려

정민인가 증민인가   178

멍가나무와 망개나무   180

왕탱이와 옷바시   182

계집애가 오랍아 하니   186

그 사람은 오약손을 쓰께   188

원래 우덜은 다 그려   190

뒹규?   192

서울말 같은 충청말   194

감자와 고구마　　　　　　　　　　　197

옜다, 쑥떡이나 먹어라　　　　　　　　200

둠벙과 웅덩이　　　　　　　　　　　203

당나뭇들과 스낭뎅이　　　　　　　　206

날모리와 녈모리　　　　　　　　　　209

겉절이와 얼절이　　　　　　　　　　212

강원도와 강안도　　　　　　　　　　215

생여와 생에　　　　　　　　　　　　218

쌀뜸물, 보리뜸물　　　　　　　　　　221

두레박은 품고 타래박은 뜨고　　　　224

고뿔은 들고, 강기는 걸리고　　　　　227

청올치가 뭐래유?　　　　　　　　　　230

고고마가 더 달에　　　　　　　　　　233

빨부리와 파이프　　　　　　　　　　236

제5부 웬 구럭을 입었다니?

느려도 황소걸음　　　　　　　　　　240

갱굴 위로 피는 봄날　　　　　　　　242

웬 구럭을 입었다니?　　　　　　　　245

찻질 댕길 땐 가생이루　　　　　　　248

고시랑을 곱삶다   251

이거 한 주먹이믄 직호여!   254

엄니의 사진틀   257

산내끼와 탑새기   260

아버지의 빨래나무   263

엄니, 나 시방 애상받쳐유   266

개똥과 개띵이   269

우리 손주사우는 무뚝구리여   272

소가 뒷걸음을 쳐?   275

새봄, 접것은 접어두고   278

얼빠진 쩟다, 어벙이   281

홀태는 써봤자 쵱일 베 한 섬   284

돌봇돌과 물레방아   287

맺음말 사투리는 나쁜 말이 아니다   290

학교는 다니는 곳이고 핵겨는 댕기는 디여

표준어와 방언의 차이

표준어와 방언에 대해 바르게 알지 못하면 여러 가지 오해를 불러올 수 있다. 예를 들면 '표준어는 바른 말이요, 방언은 바르지 않은 말이다.'라든지, '표준어는 수준 높은 말이고, 방언은 수준이 낮은 말이다. 그러므로 표준어를 쓰는 것이 좋다.'라고 하는 경우다. 위와 같은 말은 전혀 근거가 없는 것인데도 그럴 듯하게 포장되어 쓰이는 경우가 있다.

그럼 표준어와 방언의 차이는 무엇일까? 요즘 젊은이들 사이에 유행하는 우스갯소리를 예로 들어 보자.

초등학교에 다니는 손주가 할머니에게 묻는다.

"할머니, 학교랑 핵겨는 어떻게 다른 말이야?"

할머니는 한참을 끙끙대다가 대답한다.

"이잉, 학교는 다니는 곳이고, 핵겨는 댕기는 디여."

할머니의 대답에 아이는 아주 쉽게 받아들인다.

"아항, 그렇구나."

할머니는 표준어와 방언의 차이를 정확하게 알려 주었다. 아이가 금방 알아듣도록 아주 구체적이고 딱 부러지는 보기를 제시한 것이다.

그러하다. 할머니 대답이 표준어와 방언의 차이다. 표준어는 모든 사람들의 편리를 위해 나라가 정한 공식어이고, 방언은 지방에서 두루 쓰는 말이다. 위 이야기에서 '학교'와 '다니는 곳'은 표준어이고, '핵겨'와 '댕기는 디'는 충청 지방 방언인 것이다. 서울에서 쓰는 말은 서울 방언, 충청도에서 쓰는 말은 충청 방언이고, 이런 여러 방언 가운데에서 나라에서 표준으로 정해 놓은 말이 표준어이다.

따라서 방언이 '좋지 않은 말'이라고 하면 틀린 말이 된다. 만일 방언이 좋지 않은 말이거나 수준 낮은 말이라면, 서울 방언을 표준으로 삼은 표준어 또한 좋지 않은 말이거나 수준 낮은 말이 되어야 한다.

제1부

꼬도바리 주제에
말은 잘 히유

겅건이만 많으믄 기냥 좋았어

'반찬'의 충청말

1970년대까지만 해도 충청도 산골에는 '반찬飯饌'이란 말을 쓰는 이가 드물었다. 내 주변 사람들은 다 '겅건이'라 했다. 그래서 반찬이란 말은 많이 배운 유식한 사람들이나 쓰는 말인 줄 알았다. 누군가 '찬거리'나 '반찬'이란 말을 쓰면 한참 동안 머리를 굴린 다음에야 '겅건이'를 떠올렸다.

봄날의 도시락에는 으레 찐짐치가 들어 있었다. 지난겨울에 담근 김장김치는 겨울 동안 푹신 쉬었다. 하얀 곰팡이가 장독 안을 채운 짠지, 엄마는 들기름을 뿌리고 쪘다. 쪄낸 김치는 더 셨다. 얼굴이 찌푸려지면서도 그 신맛에 보리밥이 넘어갔다. 더러 사카린 가루나 당원을 풀어 만든 단꼬치장단고추장이 들어갈 때도 있었다. 그런 날이면 꼬치장이 기우러져 보리밥이 벌겋게 물들기 일쑤였다. 그래도 달큰한 꼬치장에 비벼먹는 그 맛이 별미였다.

신 김치도 떨어져가는 여름날이면 무수 짱아찌가 들어갔

14

다. 짱아찌는 짜기만 할 뿐 맛이 없었다. 그래도 도시락을 못 챙겨 오는 아이들이 있어 경건이 투정을 할 형편은 못 되었다.

'경건이'의 표준말은 '건건이'다. '건건하다'에 '-이'가 붙었다. '건건하-+-이→건건히→건건이경건이'로 된 것이다. '건건하다'는 '단맛이 없고 조금 짠 것'이다. 그러니까 '건건이'는 '감칠맛이 없는 짜고 투박한 반찬'을 이르는 말이된다. 그냥 산나물이나 밭 나물을 뜯어 소금이나 고춧가루를 이용해 만든 투박한 반찬이란 말이다.

이와 반대로 좋은 반찬을 가리키는 말은 '게깃국이나 게기 반찬'이었다. 먹고 살기가 팍팍했던 시절의 게깃국 구경은 특별한 경우에만 할 수 있었다. 당연히 산골의 보통 밥상엔 경건이가 곧 반찬의 전부였다.

지금은 '경건이'란 우리말이 있음에도 '반찬飯饌'이란 한자어가 세상에 가득하다. 말의 중심에 우리말이 서 있으면 더좋겠다. 그리고 '경건이'와 '반찬'은 말뜻에 뚜렷한 차이가 있는 만큼, 이 두 말을 구분해서 쓴다면 우리말이 더 풍성해질 것이다.

"이전인 게기 반찬 읎어두 경건이만 많으믄 기냥 좋았어. 원체 배고팠응께." 예전엔 고기반찬 없어도 건건이만 많으면 그냥 좋았어. 워낙 배가 고팠으니까.

종재기와 양재기

'그릇'을 이르는 말

'종재기'와 '양재기'는 충청도에서 두루 쓰는 말이다. 그런데 참 이상하다. '양재기'는 표준말인데 '종재기'는 사투리다. 서로 비슷한 짜임을 가지고 모두 그릇을 뜻하는 말이다. 그래서 어쩔 땐 두 말이 모두 사투리 같기도 하고, 어쩔 땐 두 말이 모두 표준말 같다.

'종재기'는 '종지'의 충청말이다. 충청 지역에서는 널리 쓰는 '간장종재기, 꼬치장종재기'는 표준말로 하면 '간장종지, 고추장종지'가 된다.

'종재기'는 입구가 밑보다 넓은 작은 사기그릇이다. '-재기'는 '자기瓷器'가 변한 것으로, 흙에 유약을 바르고 구워 만든 그릇이다. 그러니까 '종재기'는 종鐘 모양의 작은 사기그릇이다. 이 '종재기'는 경기도를 뺀 강원도와 삼남에서 두루 쓰는 말이다. 그런데 서울말을 기준으로 표준어를 정하다 보니 졸지에 사투리가 돼 버렸다.

　'양재기洋瓷器'는 말 그대로 서양에서 들어온 자기그릇이다. 자기니까 구워 만든 사기그릇이어야 하는데 꼭 그렇지는 않다. 처음에는 서양 사기그릇이었지만, 20세기 이후 자기처럼 윤이 나는 양은洋銀그릇과 알루미늄그릇이 유입되었다. 이에 사람들은 양은그릇이나 알루미늄그릇을 '양재기'라 불렀다.

　'양재기'는 보통 양은이나 쇠붙이에 유약을 발라 윤이 나고 위가 넓은 그릇이다. 경상도 쪽에서는 입구가 넓고 큰 양재기를 '양푼'이라고도 한다. 이 '양재기'와 '양푼'이란 말은 생긴 지가 얼마 되지 않았고 전국에서 두루 쓴다. 그래서 '종재기'와 달리 표준말이 되었다.

　이 밖에 '양재기, 종재기'와 비슷한 말에는 '보새기, 종그래기'가 있다. '보새기'는 '보시기'의 충청말이다. '보새기'는 모양이 사발沙鉢과 비슷하지만 높이가 낮고 작아서 김치나 깍두기 따위를 담는 찬그릇으로 쓴다. '종그래기'는 '종지'를 이르는 말로 충청도 남부와 전라도에서 쓰는 지역 말이다.

역구리 찔른 늬가 책음져

'잇념'과 '엽구레'

'잇념[인념/임념]'은 표준어 '잇몸'에 대응하는 충청말이다. '잇몸'은 '이를 감싸고 있는 몸'이란 말이다. 이에 비해 충청말 '잇념'은 낯설다.

- "내가 **잇념**이 부실히서 풍치가 온 거여." 내가 잇몸이 부실해서 풍치가 온 거야.
- "그 냥반은 이빨이 다 빠졌넌디두 **잇념**이루 우물우물 허매 괴길 잘 먹었어." 그 양반은 이빨이 다 빠졌는데도 잇몸으로 우물우물하며 고기를 잘 먹었어.

'잇념'은 '이'에 '념'이 붙은 말이다. 이때 '념'은 옛말 '녑'이 변한 것이다. '녑'은 아주 오랜 옛날부터 쓰인 우리말이다. 이 말은 17세기에 '녑ㅎ'으로 변했다가 현대에 이르러 '옆'이 되었다.

18

'녑'은 본래 '갈빗대 아래의 잘록한 허리 부분'을 뜻하는 '옆구리'의 옛말이다. 그러니까 '잇녑'은 '이뿌리를 감싸고 있는 살, 이의 옆구리'가 된다. 위 예문에 나오는 '잇녑'을 '이의 옆구리'로 바꿔 말하면 '이의 옆구리가 부실해서 풍치가 생기고, 이의 옆구리를 이용해서 우물우물 고기를 씹는 것'이 된다. 이를 감싸고 있는 표준어 '잇몸'은 재치 있는 말이지만, 이의 옆구리란 충청말 '잇녑'도 참 재밌다.

"가만 있넌디 늬가 들구 내 **역구레** 찔렀잖어. 그닝께 **역구리** 찔른 늬가 책음져."

'역구레'는 옆구리의 충청말이다. 지금 흔히 쓰이는 충청말 '역구리'는 옛 충청말 '역구레'가 표준어 '옆구리'를 닮아 간 것이다. 충청말 '역'의 옛말은 '녑'이다. 앞서 살펴보았던 '잇녑'의 '녑'과 같다. 여기에 '구레'가 붙은 것이 옛말 '녑구레'다. '구레'는 허리 부분을 나타내는 '허구리'의 옛말이다.

옛말 '녑구레'는 서울 지방에서 '옆구레'가 되었다가 '옆구리'가 되었다. 이와 달리 충청도에서는 '엽구레'가 되었다가 '역구레, 역구리'가 되었다. 충청말에서는 'ㄱ' 앞에 오는 'ㅂ/ㅍ'은 'ㄱ'으로 발음한다. 이를 변자음화라 하는데, 앞뒤 말을 같게 하여 발음하기 쉽게 하는 것이다.

갑절과 곱절, 곱쟁이

'갑절'과 '곱절'의 뜻은 같다. '어떤 물건이나 수가 똑같은 크기로 늘어나는 것'을 뜻한다. '곱쟁이'는 국어사전을 찾아보면 '곱절을 점잖지 않게 나타내는 말'이라 하는데, 충청도에서는 그냥 '곱절'을 나타내는 보통말이다.

- 물건 값이 생각보다 **갑절**이나 비싸다.
- 물건 값이 생각보다 세 **곱절**이나 비싸다.
- 물건 값이 생각보다 **곱쟁이**로 비싸다.
- 물건 값이 생각보다 두 **배倍**나 비싸다.

'갑절, 곱절'을 한자어로 바꾸면 배倍, 곱이나 갑절가 되는데, 보통은 이 한자말 '배'가 더 많이 쓰인다.

일상에서 쓸 때는 갑절이나 곱절이나 같은 자리에 쓰면 틀리지 않는다. 그런데 요즘은 약간 쓰이는 곳을 구분하는 모습이 보인다. 대체로 '갑절'은 두 배를 나타낼 때 많이 쓰고, '곱절'은 '두 곱절, 세 곱절, 네 곱절' 모양으로 수를 나타내는 말 뒤에 많이 쓴다. 그래서 어떤 사람들은 '갑절은 보통 명사이고, 곱절은 앞말에 의존하는 명사이다.'라고도 한다. 그렇지만 그렇지 않은 경우도 많아서 옳은 말이 못 된다. 다만, '곱'이라는 말은 혼자 쓰이지 못하는 의존명사가 맞다.

아이들과 함께 공부하다 보면 '곱하기'에 대해 설명해야할 때가 많은데, '곱'이 배로 늘어나는 말이란 것을 알려 주면 아이들이 잘 이해한다. 말의 뜻을 정확히 알고 나면, 우리에게 필요한 정보나 지식을 쉽게 이해할 수 있다. 말을 바르게 알고 바르게 써야 하는 까닭도 여기에 있다.

귀고리와 귀걸이

'고리'는 '끈이나 긴 쇠붙이의 양 끝을 이어 둥글거나 모나게 만든 물건'을 뜻하는 말이다. '걸이'는 이와 달리 '무엇에 거는 물건'이다. '귀걸이나 귀고리나 같은 것인데 뭐 그런 것을 따지냐?' 하고 누군가가 말한다면 그는 우리말을 바르게 알지 못한 것이다. 귀고리와 귀걸이는 전혀 다른 말이기 때문이다.

'귀고리'는 귀에 거는 장식물이다. 반짝이는 물건이나 금속으로, 자기 얼굴에 어울리게 만들어진 귀고리를 누군가 달고 다닌다면 참 예쁘고 앙증맞겠다. 그런데 예쁘라고 귀에 거는 귀고리를 요즘 사람들은 대부분 '귀걸이'라 말한다.

'귀에 걸면 귀걸이, 코에 걸면 코걸이'라는 속담이 있다. 맞는 말이다. 당연히 '목에 걸면 목걸이, 옷을 걸면 옷걸이'도 된다. 하지만 여기서 말하는 귀걸이는 귀가 예쁘라고 달고 다니는 장식물을 뜻하는 것이 아니라, 겨울철 귀가 시리지 말라고 귀를 보호하는 귀마개를 뜻하는 말이다.

　물론 요즘 많은 이들이 귀고리를 귀걸이라 한다. 많은 사람들이 그렇게 오래 쓰다 보면 언젠가는 '귀걸이'도 '귀고리'를 뜻하는 표준말이 되어 국어사전에 실리겠다.

　다만 아직은 '귀고리'가 표준말이고, '귀걸이'는 귀를 보호하는 물건을 나타낼 때만 표준어로 인정하고 있다.

머더러 그릏기 싸댕기넝 겨?

줄임말 '머더러, 머다라'

- 무엇을 하려고 그렇게 하는 거야?
  - → **머더러** 그러넝 겨?
- 무엇을 하려고 그렇게 쏘다니는 거야?
  - → **머더러** 그리 싸댕기넝 겨?
- 무엇을 하려고 그렇게 하느냐?
  - → **머다라** 그러냐?
- 무엇을 하려고 그렇게 쏘다니니?
  - → **머다라** 그리 싸댕기냐?

충청말이 느리다고들 한다. 양반들이 많이 살아서 몸짓이 느긋하고 말도 느리다고 한다. 그런데 살펴보면 충청말이 실제 마냥 느리지는 않다.

충청말은 표준어에 비해 줄임말이 많다. 특히 용언의 어미에 두드러진다. '그렇지요?' 동의를 구할 자리에 '기쥬?'라 한다. '드십시오!' 권할 적엔 '드슈!', '계십니까?' 물을 적엔 '기슈?'라고 한다. 표준어에 비해 말이 극단적으로 짧다. 대신 말끝을 올리거나 길게 소리를 내어 느릿하게 들린다.

위의 보기 문장에는 충청말의 줄임이 잘 드러나 있다. '머더러, 머다라'는 '무엇을 하려고'의 줄임말이다. '무엇을 하려고'는 줄어 '무엇하려고'가 되고 '뭣하려고→머덜라고/머달라고'를 건너뛰어 '머더러, 머다라'로 팍 줄었다. '그러넝 겨'도 마찬가지다. '그렇게 하는 거야'의 세 어절이 '그렇기 허넝 겨→그리허넝 겨'를 넘어 팍 줄었다.

충청말은 낱말 사이의 휴지나 문장 서술어 끝에서 말꼬리를 올리면서 길게 소리 내는 것이 많다. '어디 간대?'를 보면 표준어는 말끝이 빨리 끝난다. 그런데 충청말 '워디 간댜?'는 말끝이 아주 길다. 충청도의 이중모음은 두 소리가 다 나게 발음한다. 그러니까 '워디 간댜'는 '우어디 간디아'처럼 늘어지는 것이다. 거기에 말끝이 올라가면서 여운이 생긴다.

충청말이 이렇다 보니 얼핏 다른 지방 사람들이 들으면 무지 느린 게 된다. 문장 전체의 시간은 길지 않은데, 말 사이와 말끝이 길어지면서 느린 느낌을 주는 것이다. 따라서 충청말의 느림은 어조와 어투에서 나오는 느림이지, 문장 전체의 시간 속에서는 느린 말이라 단정할 수 없다.

요즘 표준어 교육과 매스컴의 발달로 지역말들이 빠르게 사라져 간다. 그래도 충청도 사람의 마음과 정서는 늘 충청말 속에 살아 있다.

개 콕구녕같은 소리허구 자빠졌네

"**개 콕구녕같은 소리**허구 자빠졌네."
"**개 풀 뜯어먹넌 소리** 허덜 말어."

'개'의 옛말은 '가히'이고, 표준어화가 이루어지기 전의 충청말은 '가이'다. 1960년대 이후 표준어의 영향으로 소리가 짧아져 '개'가 되었다. '구녕'의 표준말은 '구멍'이다. '구멍'은 옛말 '굵, 굼기'에 접사 '-엉'이 붙었다. '굵+-엉→구멍'이 된 것이다. 충청도에서는 예로부터 '구녕, 구녁, 구먹'이라고 써 왔다.

위 문장에 쓰인 '개 콕구녕같은 소리'나 '개 풀 뜯어먹넌 소리'는 충청도 사람들이 흔히 써온 관용구문이다. 쉽게 얘기하면 충청도 속담이다.

'개 콕구녕'은 사람들이 흔히 관심을 갖지 않거나 생활과 관련이 없는 것이다. 그러니까 '개 콕구녕같은 소리'는 사람들이 관심을 갖지 않는 소리다. 여럿이 이야기를 나누는데 공통의 화제와는 전혀 다른 엉뚱한 소리, 대화 분위기에 어울리지 않는 말을 할 때 쓰는 속담이다.

'개 풀 뜯어먹넌 소리'도 비슷하다. 개는 육식동물이기 때문에 염소나 소처럼 풀을 뜯어먹을 일이 없다. 당연히 '개 풀 뜯어먹넌 소리'는 있을 수가 없는 소리다. 여러 사람의 대화에서 누군가가 있을 수 없는 이야기를 하는 경우, 이치에 닿지 않는 말을 할 때 퉁을 주는 말이다.

얼마 전 시골집에 갔다. 거기서 동네 노인 몇 분이 얘기하는 곳에 끼었다. 그때 노인 한 분이 엉뚱한 말을 했다. 옆에서 듣고 있던 노인이 퉁을 준다.

"개 콕구녕 뜯넌 소리 허덜 말어."

개 콕구녕을 뜯어? 순간 웃음이 퍽 터졌다. '개 콕구녕같은 소리'가 '개 풀 뜯어먹는 소리'와 합쳐졌다. 다른 사물에 빗대어 표현하는 비유는 상대를 직접 겨냥하지 않는다. 그래서 사람의 맘을 다치게 하지 않는다. 핀잔을 들은 사람도 머쓱할 뿐 화를 내지 않는다. 위 문장을 표준어로 풀면 아래와 같다.

• **개콕구녕같은 소리**허구 자빠졌네. 말이 안 되는 소릴 하고 있구나.

• **개 풀 뜯어먹넌 소리** 허덜 말어. 이치에 맞지 않는 말은 하지 마라.

모이막과 모이지기

'모이막'은 '묘막墓幕'의 충청말이다. '모이'는 '뫼'의 충청말로 무덤을 뜻하는 말이다. 충청도에서 'ㅚ'는 이중모음이다. 표준어에서는 단음으로 발음하지만 충청도에서는 옛날과 같이 'ㅗ'와 'ㅣ' 두 소리를 다 낸다. 그래서 무덤을 뜻하는 '뫼'는 '모이'가 된다. '모이막'은 '무덤가에 지어진 움막'이 되고, '모이지기'는 '무덤을 지키는 사람'이 된다.

조선 시대에는 부모가 돌아가면 부모님의 시신을 선산 양지바른 곳에 묻은 뒤 3년 동안 시묘살이를 했다. 부모님의 무덤 옆에 움막을 짓고 살아 있을 때처럼 공양을 드렸다. 그렇지만 이런 시묘살이야 먹고 살기에 걱정이 덜한 양반들이나 할 수 있었고, 일반 백성들과는 거의 상관이 없는 일이었다.

시묘 풍습은 일제 강점기 이후 급속히 사라졌다. 그런데 충청도의 '모이막'과 '모이지기'는 해방 이후 꽤 오랫동안 사라지지 않고 이어졌다. 재미있는 사실은 '모이지기'가 모이임자무덤주인의 자손이 아니라 그 모이와는 상관이 없는 사람이란 점이다.

1960대까지만 해도 충청도에는 여수여우가 아주 많았다. 여수는 동물의 시신을 먹고 사는 짐승이다. 사람이 죽어 모이가 생기면 송장의 냄새를 맡고 죽어라 달려들었다. 이른 아침이나 저녁나절에 새로 생긴 무덤가를 지나노라면 '닥닥 닥닥' 여수가 송장 뼈를 갉는 소리를 종종 들을 수 있었다. 무덤가엔 여수 구녁여우 구멍이 뚫려 있었다. 특히 어린아이가 죽어 묻힌 돌무덤에는 영락없이 여수 구녁이 뚫렸다.

사정이 이러하다 보니 돈푼이나 있는 집안에서는 부모의 모이를 지킬 사람을 샀다. 여수가 부모의 모이에 접근하지 못하도록 한 달 정도 밤낮으로 보초를 세웠다. 사람의 시신은 한 달 정도면 완전히 부패하는데, 그때가 되면 여수들이 달려들지 않았다. 이때 무덤을 지키며 여수를 막는 사람을 '모이지기'라 하고, 모이지기가 기거하는 움집을 '모이막'이라 했다. 이들의 표준어는 '묘지기'와 '묘막'이 된다.

닭 꼬랑딩이를 붙잡구
'꼬리'에 대한 충청말

• 다음 밑줄 친 말 가운데 충청 사투리가 아닌 표준어는?

① 장닭이 하두 지랄히서 <u>꼬랑지</u>를 잡어채뻔졌어.

② 닭 <u>꼬랑딩이</u>를 붙잡구 씨름을 헌 모냥이구면.

③ 배가 고퍼서니 무수 <u>꼬랭이</u>를 멫 개 짤러왔어.

④ 생선 몸땡이는 오디 가구 <u>꽁딩이</u>만 잔뜩 늫은 매운탕
  이구면.

꽤 헷갈린다. 답은 ①문장의 '꼬랑지'다. 얼른 이해가 가
지 않는 분이 많을 듯싶다. 위의 문제는 누구도 쉽게 맞추
지 못한다. ①문장의 '꼬랑지'는 표준어가 될 때가 있고 사
투리가 될 때도 있기 때문이다.

①문장의 '꼬랑지'는 '꽁지'의 낮춤말이다. 옛 문헌을 살
펴보면 '쇠리꼬리'가 나오고, '꽁지꽁지'도 나온다. '꼬리'는

'동물의 꽁무니나 몸뚱이의 뒤에 붙어 밖으로 나와 있는 부분'을 뜻하는 말이고, '꽁지'는 '새의 꽁무니에 붙은 깃'을 이르는 말이다. 길짐승에는 '꼬리', 날짐승에는 '꽁지'가 달린 것이다.

충청도에서는 '꼬리'나 '꽁지' 대신 '꼬랑지, 꽁딩이'를 많이 쓴다. 말이 닮고 뜻도 닮은 데가 있어 헷갈린다. 이런 까닭에 얼핏 '꼬랑지는 꼬리나 꽁지의 충청 사투리야.'라고 단정 짓게 된다.

그런데 '꼬랑지'는 경기, 서울 지방에서 '꽁지'를 속되게 나타낼 때 썼다. 이에 '꼬랑지'는 '꽁지의 속된 말'이란 꼬리표를 달고 표준어가 되었다. 반대로 충청도나 전라도에서는 '꼬리' 대신 '꼬랑지'를 주로 썼다. 그래서 '꼬랑지'하면 '꼬리의 사투리'가 된다.

이처럼 '꼬랑지'는 '꼬리'의 뜻으로 쓰면 사투리가 되고, '꽁지'의 뜻으로 쓰면 표준어가 된다. ①문장의 '꼬랑지'는 '개꼬리, 소꼬리'처럼 길짐승의 꼬리가 아니라, 새의 일종인 '닭의 꽁지'를 나타내는 말이다. 그래서 표준어가 된다.

②와 ③문장의 '꼬랑딩이'와 '꼬랭이'는 충청 사투리다. 표준어는 '꼬랑이'다. '꼬랑이'는 '동물의 꼬리를 낮추어 부르거나, 배추 같은 채소의 뿌리'를 이르는 말이다. 충청 지방에서는 '꼬랑딩이, 꼬랑댕이, 꼬랭이'라 흔히 쓴다.

④문장의 '꽁딩이'는 '꽁지'의 충청말이다. '꼬리'에 접사 '-ㅇ당이'가 붙어 '꽁당이'가 되었다가 '꽁댕이>꽁딩이'로 변한 것이다.

토방土房과 뜰팡

　예전에는 기와집이든 초기집이든 '토방'을 두었다. 위채와 아래채로 구분된 경우 아래채엔 토방을 두지 않아도 위채에는 토방을 두었다. 아래채를 두지 않은 초가삼간의 작은 집에도 토방은 꼭 있었다.

　요즘은 '토방土房'이란 말을 듣기 어렵다. 요즘은 집의 구조와 형태가 달라져 토방 대신 베란다가 놓인다. 그렇다 보니 토방이 있는 옛집을 찾아가도 그것이 토방인 줄 모르는 사람들이 더 많다.

　토방은 방에 들어가는 문 앞에 만들었다. 마당보다 좀 높은 곳에 편평하게 다져 만든 흙바닥이다. 그러니까 토방이 있으려면 집은 마당보다 좀 높은 곳에 지어져야 한다. 마당이나 안마당을 지나 토방에 오르면 그 앞에 방문이 있다. 토방이 있어 눈비를 맞지 않고 방 사이를 오갈 수 있다. 마당에 널은 곡식을 소나기로부터 피할 공간도 된다. 토방은

32

식구들이 모여 일하는 작은 공간이 되기도 하고, 쉬는 공간이 되기도 한다.

'뜰팡'은 정원을 뜻하는 '뜰ᵗᵉˡ'에 '방'이 붙은 말이다. 뜰의 기능도 하고 방의 기능도 하는 곳이다. 그래서 국어사전에서 '뜰팡'을 펼치면 '토방이나 앞뜰'을 이르는 말로 풀이한다. 어떤 때는 위채와 아래채 사이의 뜰을 가리키기도 하고, 어떤 때는 토방을 가리키기도 하는 것이다.

그런데 충청도의 '뜰팡'은 토방을 이르는 말이다. 때로 뜰팡에 채소를 심어 뜰의 역할을 할 때도 있었지만, 20세기에 이르러는 거의 없어졌다. 이에 '뜰팡'은 '토방'과 동의어가 되었다.

표준어 '뜰'은 '집 안의 앞뒤나 좌우로 가까이 딸려 있는 빈터'를 이르는 말이다. 충청말도 마찬가진데 집을 기준으로 방향에 따라 달리 썼다. 보통 '뜰'은 '뚜란, 뜨럭' 따위로 썼다. 집 앞쪽에 있는 빈터는 '앞뚜란'이 되고, 울타리 안쪽에 있으면 '안뚜란', 뒤쪽에 있으면 '뒤뚜란'이나 '뒤란'이 된다.

지금도 눈 감으면 생생하다. 할머니, 할아버지가 살던 초가집. 집 주위엔 돌담이나 나무 울타리가 둘러져 있고, 사립문을 따라 조그만 안마당이 나를 반기던 집. 커다란 섬돌 댓돌을 밟고 오르면 조그만 뜰팡토방이 방문 앞에 이어지고, 뒤란에서 옹기종기 볕을 쬐던 장꽝의 장독들.

가서니 그울 점 봐라

'그울'과 '색경'

"가서니 **그울** 점 봐라. 네 낯짝이 함진애비가 그셔졌구나." 가서 거울 좀 봐라. 네 얼굴에 숯검정이 그려졌구나.

"오래된 **색경**을 깨쳐 먹었으니 이참이 새것이루 하나 장만히야겠어."오래된 거울을 깨졌으니 이참에 새것으로 하나 마련해야겠구나.

'색경'은 '거울'의 방언이다. 예전 충청도에서는 '거울'보다는 '색경'이란 말을 썼다. 그런데 '거울'과 '색경'은 낱말의 모양이 사뭇 달라 예전이나 지금이나 표준어와 충청말이 전혀 다른 것 같은 느낌을 갖게 하였다.

그렇다면 '거울'과 '색경'은 어떻게 같고 어떻게 다른 말일까? '색경'은 '석경石鏡'에서 나온 말이다. 오랜 예전에는 오늘날처럼 수은의 일종인 아말감을 발라 만든 유리 거울이 없었다. 사람들이 처음 만들어 쓴 것은 돌거울이다. 이

것이 '석경'이다. 돌을 반질반질하게 갈아 얼굴을 비춰 본 것이다. 이후 청동기 시대에는 청동거울인 '동경銅鏡'이 나오고, 이후 은거울인 '은경銀鏡'이 나왔다. 이렇게 시대에 따라 거울은 발전하여 왔지만, 처음 쓰던 말인 '석경'이 남아 쓰이면서 여러 거울을 대표하게 된 것이다.

'거울'은 '석경'을 이르는 순우리말이다. 돌을 갈아 얼굴을 비춰볼 수 있게 만든 도구를 '거울'이라 했다. 이 거울을 한자어로 표시하니 '石鏡돌거울'이 된 것이다. 결국 '거울'이나 '석경'이나 같은 뜻의 말이고, 우리말과 한자말이라는 차이가 있다.

한자말 '석경石鏡'의 옛날 발음은 [석긍석끼응]이다. 충청말 식으로 발음하면 '[섹긍섹끼응]'이 된다. 충청어법에서는 뜻이 애매해지지 않는 한 편리하게 발음을 선택한다. 그래서 '석경'보다 발음하기 쉬운 '섹경'을 썼고, 이 '섹경'이 더 쉽게 '색경'으로 변한 것이다.

순우리말 '거울'은 옛말 '거우루'가 변한 것이다. '거우루'에서 끝 모음 'ㅜ'가 떨어지면서 '거울'이 되었다. 이 '거우루'의 충청말식 발음은 '그우루'다. '거울'을 나타내는 충청말 '그울'은 '그우루'가 줄어든 말이다.

결론적으로 충청말 '그울'과 '색경'의 표준어는 '거울'과 '석경'이다. 물론 표준어 '석경'이 사라져 버린 현재의 시점에서 보면 '색경'은 '거울'의 충청 방언이 되기도 한다.

스신 왕래는 허구 살자구

'편지'와 '스신'

"그 냥반은 초등가두 뭇 나온 까막눈이라 **피은지**를 쓰두 뭇허구 읽두 뭇 혀."

"서루 만나지는 뭇히두 드러 **스신** 왕래는 허매 살자구."

"6·25 동란 즉이 1·4 후퇴를 허던 동상이 인편이루다가 **스한**을 한 통 보냈더라구. 쓴 날짜를 보닝께 한 달이 지났더라닝께. 그 난리 통이 보냈이니 말허자믄 그 **펜지**가 도중이서 숱헌 우여곡즐 끝이 나헌티 들어온 거지."

표준말 발음 [어]는 충청말에서 대부분 [으]로 발음된다. [어]의 옛 소리는 요즘의 [으]에 다가간 소리로 추정된다. 이것이 표준어에서는 '어'로 굳어져 간 반면, 충청말에서는 '으'가 그대로 쓰이고 있다.

그래서 '편지便紙'도 '피은지'로 말하게 된다. '편'에 들어 있는 모음 '여'가 '이+어'기 때문에 '이으'로 발음하는 것이다. '논평→논피응, 자별허다→자비을허다, 연극→이은극, 연애→이은애' 따위로 발음하는 식이다. '편지'를 달리 이르는 말인 '서신, 서한, 서간' 따위도 충청말로 말하면 [스신, 스한, 스간]이 된다. '편지'는 아는 이에게 안부나 소식을 전하는 글이다. 요즘이야 번거롭고 복잡한 편지보다는 전화나 이메일, 핸드폰 문자나 카톡 따위를 이용한다. 이는 편하고 빠르긴 한데 자신의 감정이나 상대에게 전하는 마음의 깊이는 편지만 못하다. 세상이 빠르게 달려가고 편지는 그에 따르지 못하는 모양새지만, 세상이 빨리 달린다고 나도 덩달아 쫓기며 살 것까지는 없겠다. 아주 가끔은 주위를 돌아보며 나의 모습을 편지지에 그려 보자.

지금 어느 우체국에서 '어린이 편지쓰기 대회'를 진행하고 있단다. 초등학생들의 곱고 맑은 사연을 기다리고 있단다. 내 주위 누군가에게 자신의 경험과 마음을 편지지에 담아 보자. 그것은 내 모습을 정리하여 보내는 일이기도 하고, 누군가를 내 가슴에 안아 보는 향기로운 소통의 세상이다.

셉바닥 점 내밀어 봐

'혀'의 충청말 '서'와 '세'

입안 '혀'의 충청말은 누가 기억할까? 지금은 거의 들을 수 없지만 '혀'의 충청말이 '서'라는 것을 나이 드신 어르신들이라면 기억할 듯싶다.

옛말에 나오는 'ㅎ'은 충청말에서 'ㅅ'으로 발음했다. 드물게 보이는 'ㅎㅎ'은 'ㅆ'으로 발음했다. 'ㅎ/ㅎㅎ'은 목구멍을 스치며 나는 소리다. 발음을 똑똑히 하려면 힘이 들었다. 그래서 충청 사람들은 발음이 쉬운 'ㅅ/ㅆ'을 택했다. 옛말의 'ㅎㅎ'은 표준어에서는 'ㅋ'으로 많이 변했는데, 이런 경우 충청말에서는 'ㅆ'이 되었다.

옛말 '불을 ㅎ혀다'는 표준어에서 '불을 켜다'가 되었다. 이런 변화를 구개음화라 하는데, 이는 발음을 쉽게 하는 것이다. 이에 비해 충청말은 '불을 쓰다'가 되었다. 더 편하게 변한 것이다. 한자말 '형/형님'은 '성'과 '성님'이 되었다.

'힐끗 쳐다보지도 않다'의 '힐끗'은 '시끗'이 되어 '시끗두 않다'가 되었다. '힘이 없다'는 '심이 없다'가 되고, '힘에 겹다'는 '심겹다'가 되었다. 이처럼 충청말에서는 'ㅎ/ㅎㅎ' 따위가 구개음인 'ㅅ/ㅆ'으로 변했다. '혀'도 이와 마찬가지로 '셔'가 되었다가 더 편하게 '서'가 되었다.

이렇게 설명하면 어떤 분들은 고개를 갸웃하겠다. 충청도에서 평생 살아 온 분들도 '혀'를 '서'라 쓰는 분들은 거의 없기 때문이다. 말이 합쳐진 합성어에서는 '서'가 쓰였지만, '혀'가 단독으로 쓰일 때는 대개 '세'라고 쓰기 때문이다. '혀 좀 내밀어 봐라'를 '서 점 내밀어 봐라' 하지 않고, '세 점 내밀어 봐라'라고 한다. 또는 '셉바닥 점 내밀어 봐라' 하기 때문이다.

정리하면 '혀'의 충청말 원형은 '서'다. 이 '서'가 변한 모양이 '세'다. 아래 '서'와 '세'가 들어간 합성어 몇 개를 적어 둔다. 이를 보면 충청의 젊은이들은 '아, 들어 봤어' 고개를 끄덕일 것이다. 지긋한 어르신들이라면 옛 충청말을 또렷하게 떠올릴 수 있을 것이다.

- 단독형: 서/세혀. 서 깨물다→세 깨물다혀를 깨물다
- 합성어: 서끝→세끝혀끝. 서끝소리→세끝소리혀끝소리. 서빠지다→세빠지다혀가 빠지다/무지 힘들다. 쎄빠지다'세빠지다'가 강해진 경우. 서짤배기→세짤배기말더듬이. 섭바닥→셉바닥혓바닥. 섭바늘→셉바늘혓바늘. 섭뿌리기→셉뿌리기혓뿌리.

야가 시방 먼 소릴 허넝 겨?

지시대명사 '야, 쟈, 갸'

    충청말에서 '아이'를 줄여 쓸 때 표준어와는 차이가 있다. 표준어에서는 '애'로 줄어드는데, 충청말에서는 '아'로 줄어든다. 물론 '애'로 줄여 쓰는 경우도 있긴 하다. 그러나 나이가 많으신 분들의 말에 귀 기울이다 보면 연령층이 높을수록 '애'보다는 '아'를 쓴다.

    '아이'가 '아'로 줄어드니 '이 아이, 저 아이, 그 아이'를 '야, 쟈, 갸'라고 말하게 된다. '이 아이→이 아→야, 저 아이→저 아→쟈, 그 아이→그 아→갸'가 되는 것이다. 여럿을 나타내는 말이 붙는 경우에도 마찬가지여서, 아래 문장들처럼 된다.

"**야**가 시방 먼 소릴 허넝 겨?" 얘가 지금 무슨 소릴 하는 거야?

"**야덜**이 시방 먼 소릴 허넝 겨?" 얘들이 지금 무슨 소릴 하는 거야?

"**쟈**가 시방 내기다 머라 헌 겨?" 쟤가 지금 나에게 뭐라 한 거야?

"**쟈덜**이 시방 나헌티 까부능 겨?" 쟤들이 지금 나한테 까부는 거야?

"**갸**가 누군디 나헌티 됨빌라능 겨?" 걔가 누군데 나에게 덤비려는 거야?

"됨비긴유, **갸덜**이 뭘 잘못 먹응개 뷰." 덤비긴요, 걔들이 무엇을 잘못 먹었나 봐요.

요즘은 표준어의 영향으로 쉽게 들을 수 없는 말들이 되어버렸지만, 어르신들의 말 속에서 간간이 들리는 '아, 쟈, 갸'를 들으면 어릴 적 내 할아버지와 할머니의 모습이 떠오른다. 빠르게 변화해 가는 세태 속에 묻혀 사라져가는 우리말과 옛것들, 지금 우리들에겐 그것들이 가지는 의미를 되새길 여유가 없다.

요즘은 새것을 좇아가기에도 숨이 턱턱 차오른다. 그렇지만 사라져 가는 우리 것들에게 눈길을 준다는 것은 우리 삶을 돌아보는 일이다. 이는 아쉬움이나 그리움으로 그치는 과거가 아니라 우리 삶을 새롭게 하는 의미다. 우리 삶의 뿌리가 모두 사라지면 아무리 남의 것으로 겉을 치장해도 그것은 살아 있는 꽃이 아니라 죽은 꽃이 된다. 세상에 좇기면서도 잠깐잠깐 내 삶 뒤를 돌아보는 삶의 여유가 그리운 시절이다.

그 놈 야중이 혼구녁을 내주자이

'야중이'와 '난중이'

"그럼 **난중이** 또 보자." 그럼 나중에 또 보자.

"넌 **난중이** 따루 와." 넌 나중에 따로 와.

"그 눔 **야중이** 혼꾸녁을 점 내 주자, 이?" 그 놈 나중에 혼을 좀 내주자, 응?

위 예문에는 '난중'과 '야중'이란 말이 들어있다. 충청도에서는 이 두 말이 함께 쓰인다. 그런데 이 '난중'과 '야중' 가운데 충청말은 어느 것일까?

'난중'과 '야중'은 모두 '얼마의 시간이 지난 뒤'의 뜻을 가진 한자말 '내종乃終'에서 나온 말이다. 이 '내죵'은 '나중'으로 바뀌어 표준어가 되었다.

'난중'은 경기도에서 충청도, 전라도까지 널리 쓰인 말로 보인다. 어떤 국어사전에는 경기 방언이라 소개하고, 어떤 국어사전에는 전남 방언이라 소개하고 있다. 그런데 충청 방언이라 정리한 사전은 보이지 않는다. 이것은 '난중'이 경기 지방과 전라지방에서 주로 사용된 말이거나, 충청도 방언 조사가 덜된 탓일 수 있다.

'야중'을 국어사전에서 찾으면 '나중'의 충청 방언으로 기록되어 있다. '내종乃終'에서 첫소리 'ㄴ'이 떨어지면서 발음하기 쉬운 '야중'이 되었다. '나중'은 '야중'보다 입을 크게 벌려 소리 내야 하고, '난중'은 받침이 곁들여져 좀 더 힘이 들어간다.

아무튼 충청도 사람들은 주로 '야중'을 썼다. 더러 '난중'이라는 말을 쓰는 이도 있었는데, 이는 가까운 경기말의 영향을 받은 것으로 생각한다. 두 말을 비교한다면 당연히 '야중'이 충청말다운 말이라 할 것이다. 물론 '난중'도 야중과 함께 써 온 말이니 충청말이 아니라고는 할 수 없다.

이 '난중'과 '야중'에 조사 '이'가 붙으면 '난중이', '야중이'가 된다. 이는 표준어 '나중에'에 대응하는 충청말이다.

아츰밥을 먹었다

아츰, 즘슨, 즈녁

• 아래 말 가운데 순우리말이 아닌 것은 무엇일까?

① 아츰   ② 즘슨   ③ 즈녁   ④ 밤참

답은 ②번 '즘슨'이다. '아츰'은 '해가 떠오르며 날이 밝아 오는 시간'이다. '앗-'은 처음을 뜻하는 순우리말이다. 충청도에서는 보통 '아시-'라고 쓴다. 논밭을 처음 가는 것은 '아시갈이애벌갈이', 묵은 빨래를 처음 대충 빠는 것은 '아시빨래애벌빨래', 처음 매는 김매기는 '아시매기애벌매기'다. 여기에 시간을 나타내는 말 '참'이 붙으면 '아참'이 된다. 이 '아참아츰'이 변해 '아츰'이 된 것이다. 그러니까 '아츰밥'은 해가 떠오를 때 먹는 밥이며, 하루 끼니 가운데 처음 먹는 밥도 된다.

'즈녁'은 '해가 지는 때'를 이르는 말이다. '저물다'에서 나온 말이기 때문이다. '-녁'은 시간이나 방향을 이르는 '-녘'이 변한 것이다. '동녘'이면 동쪽 방향이 되고, '잠들 녘'이면

잠드는 시간이 된다. 그러니까 '즈녁'은 '저물녘'이 되고, 해가 떨어지는 시간이 된다. 이때 먹는 밥이 '즈녁밥'이다.

'즘슨'은 한자말이다. '점심點心'의 충청말이다. 한자 '점點'은 검은 빛깔의 반점이나 시간을 나타내는 말이다. 조선 시대에는 시간을 '점'으로 나타냈다. 그래서 한 시간이나 두 시간은 '한 점, 두 점'이 되었다. '심心'은 마음이다. 어떤 사물의 핵심이며, 시간의 중간 지점이다. 그러니까 '점심'은 낮 시간의 핵심이 되는 지점이 된다. 해가 머리 위에 떠 있는 시간, 그것이 점심點心이다. 이 '점심'은 충청말로 하면 '즘심'이 되는데, 이는 표준어 '점'이 충청말에서는 '즘'으로 발음되기 때문이다. 그리고 '즘슴'은 말하기 쉽게 '즘슨/즘신'이 되었다.

옛날 우리 조상들은 하루 두 끼의 밥을 먹었다. 살림살이가 넉넉지 못해 아츰밥과 즈녁밥만 먹은 것이다. 그러다 보니 아츰과 즈녁 사이의 긴 시간 동안 배가 출출할 수밖에 없었다. 그 출출한 시간에 차나 과자, 감자나 떡 따위의 주전부리를 했다. 이렇게 출출한 시간에 조금씩 먹는 음식을 충청도 백성들은 '참'이나 '새참', '젭밥'이라 했다. 반대로 지체 높은 양반이나 부잣집은 한낮에 밥을 해 먹을 수가 있었다. 그들은 이를 한자말로 '즘슨'이라 하였다.

'밤참'은 저녁밥 이후 자기 전에 조금 먹는 주전부리다. 요즘은 한자말로 '야식夜食'이라 쓰는데, 아무래도 '밤참'이 정겹다. 이는 내가 특별히 '밤참'을 좋아해서 그런 게 아니다. 보통 우리말을 쓰면 정겹고, 외래어를 쓰면 좀 유식한 느낌이 드는 것에 기대는 것이다.

앞서 이야기한 것처럼 '아츰, 즘슨, 즈녁'은 시간을 나타내는 말이다. 이 시간에 먹는 밥이 '아츰밥, 즘슨밥, 즈녁밥'이다. 시대가 지나면서 말은 변한다. 긴 말은 줄어들고 발음하기 힘든 말은 쉬운 말로 변한다. 그래서 '아츰밥을 먹었다, 즈녁밥을 먹었다'가 '아침을 먹었다, 저녁을 먹었다'로 바뀌었다. '아츰'은 '아침'으로, '즘슨'은 '즘신>점신'으로, '즈녁'은 '저녁'이 되었다.

꼬도바리 주제에 말은 잘허유

'꾀째'와 '꼬도바리'

- 공부두 **꾀째**, 뜀박질두 **꾀째**, 도대체 넌 잘허넌 게 뭐여?
- 지가유, 뛰다가 자빠져서 그렁 거지 원래 **꼬찌**는 안 히유.
- 저눔이 **꼬도바리** 주제에 말은 잘히유.
- 넌 왜 또 **꼬래비**인 겨? **꼬래비** 아니랄깨비 역부러 츤츤히 걸어오넝 겨?

'꾀째'는 '꼴찌'의 충청말이다. '꼴찌'를 나타내는 충청말은 여럿인데, '꾀째' 외에 '꼬래비, 꾀찌, 꼬찌, 꼬도바리' 따위가 있다. 이 가운데 예전 충청 서북 지역에서 흔히 쓴 말은 '꾀째'다.

먼저 말의 모양을 살펴보자. '꾀째'는 일단 동물의 꽁무니에 달려 있는 '꼬리'에 차례를 나타내는 접사 '-째'가 붙은 말이다. 그대로 붙으면 '꼬리째'가 되고, 이 '꼬리째'가 말하기 쉽도록 줄어들면 '꼴째'가 된다. 충청말에서는 자음과 자음이 만나면 앞 끝소리가 떨어져 나간다. 그러면 '꼴째'에서 'ㄹ'이 떨어지고 '꼬째'가 된다. 이 '꼬째'는 서울말 '지렁이'가 충청도에 와 '지렝이>지링이'가 되듯 '꾀째'가 되고 '꾀찌'가 된다.

변화 순서를 정리하면 '꼬리+-째→꼴째>꼬째>꾀째/꾀찌'가 된다. 이는 '꼬리 부분에 해당하는 차례'이니 '맨 끝에 해당하는 것'을 뜻하는 말이다.

'꼬래비'는 '꼬리'에 '-한 것'을 뜻하는 '-아비'가 붙어서 된 말로 '꼬리에 해당하는 것'을 뜻하는 말이다. '꼬리+-아비→꼴아비[꼬라비]>꼬래비'가 된 것이다.

'꾀찌'는 '꾀째'가 변형된 충청말이다. 그리고 '꼬찌'는 표준어 교육이 일반화되면서 서울말 '꼴찌'를 닮아간 말이다. 냉정하게 얘기하면 '꼬찌'는 충청말이 아니라 경기말이다.

표준어 '꼴찌'도 같은 방식으로 이해할 수 있다. '꼬리+째→꼴째>꼴찌'로 된 것이다. 처음에는 '꼴찌'나 '꾀째'나 같은 말에서 나왔는데, 세월이 지나면서 지역에 따라 조금 다르게 변한 것이다.

그런데 '꼬도바리'는 좀 특별하게 생겨 먹었다. 같은 뜻

을 나타내는 다른 말과 모양을 견줘 보면 '꼬리+-도바리'
가 되는데, '-도바리도발이'가 무슨 말인지 도통 모르겠다.
여기저기 살펴보다 한글학회에 물어봤더니, 자신들도 방
언사전, 일본어사전 막 뒤져 봤으나 알 수 없으니 미안하단
다. 혹시라도 '-도바리'가 붙은 말을 아는 분은 연락해 주
시길.

보탤셈, 덜셈, 곱셈, 노늣셈
수셈의 충청말

제목이 어색할까? 충분히 그럴 수도 있고 가만히 들여다 보면 낯익은 말일 수도 있겠다. 다름 아니고 '더하기, 빼기, 곱하기, 나누기'의 네 수셈을 충청말로 바꿔 본 것이다. 처음엔 낯설겠지만 몇 번 되뇌다 보면 친근해질 수도 있을 듯싶다.

먼저, 충청도에서는 물건을 더 얹거나 줄일 때 '더하다, 빼다'보다는 '보태다, 덜다'라는 말을 훨씬 많이, 자연스럽게 쓴다. 그러니 충청말로 수셈을 한다면 '더하기, 빼기'보다는 '보태기, 덜기'가 더 자연스럽다. 물론 학교 교육이 일반화되기 이전엔 통일된 말이 없었으니 지방마다 다른 말이 쓰였을 것이다. 충청도에서는 1968년 초등 교육이 의무화된 이후에도 '더하기'를 '보태기'라고 썼다. 지금도 나이 많으신 어르신들은 '더하기'보단 '보태기'라고 해야 더 잘 알아들는다. 반대로 '빼기'는 '덜기' 못지않게 충청도에서 많이 쓰는 말이다. 그래서 '뺄셈'은 쉽게 받아들여졌다.

'곱셈'은 배倍를 뜻하는 '곱'에 수를 따져보는 '셈'이 붙은 말이다. 그러니까 '곱셈'은 '배로 보태 가는 셈'으로 충청말이나 표준어나 큰 차이가 없다.

그런데 충청말 '노늦셈'은 '나눗셈'과 차이가 있다. '노늦셈'은 '노느다'란 말에 '셈'이 붙은 것이고, '나눗셈'은 '나누다'에 '셈'이 붙은 말이다. 얼핏 생각하면 '아하, '나누다'는 표준어이고, '노느다'는 충청도 사투리구나.'라고 생각할 수 있다. 뭐, 실제로 그렇게 알고 있는 사람들이 적지 않다. 그런데 유감스럽게도 '나누다'와 '노느다'는 모두 표준어다. 이 두 말은 본래 뜻이 비슷하거나 같은 말이다. '나누다'는 여럿으로 갈라 떼어 놓는 것이고, '노느다'는 여러 몫으로 가르는 것이다. 거의 같은 뜻인데, 서울에서는 '나누다'란 말을 많이 쓰고 충청도에서는 '노느다'를 많이 써 왔다.

'나누다'와 '노느다'를 중심으로 수셈을 정리하면 아래처럼 되겠다.

• **보태기** 표 더하기. 명 옛말 '보타기'가 변한 충청말로, 모자라는 것에 더하여 채우다. 또는 이미 있는 것에 더하여 많아지게 하다. 수셈을 뜻하지 아니한 경우에는 표준어임.

→ 울 애는 **보태기**는 잘 허넌디 빼기는 영 뭇허네, 이걸

오쩐댜?

• **노누기** 표 나누기 명 나눗셈을 하는 일. '무엇을 여러 몫으로 나누는 것'으로 쓰일 때는 표준어가 됨.

→ 넌 3학년이 되더락 **노누기**두 뭇허니?

• **노느다** 표 노느다. 동 예전부터 써 온 우리말. 무엇을 여러 몫으로 나누다.

→ 과자를 동상허구 **노나** 먹어라./째끄만 돈 때민이 싸우덜 말구 그냥 **노너**가지구 말쥬.

• **나누다** 표 나누다. 동 옛말 '난호다'에서 나온 말. 무엇을 둘 이상으로 가르거나 갈라지게 하다.

• **노늣셈** 표 나눗셈 명 어떤 수를 다른 수로 나누는 셈법.

오떤 여자가 산꼬랑텡이루 시집을 와

'고랑'과 '골짜기'

충청도에서는 '골짜기'라는 말보다는 '고랑'이란 말을 두루 쓴다. '골짜기'는 경기 서울말이고 '고랑'이 충청말이기 때문이다.

두 말을 살펴보면 모두 '골'이 들어가 있다. '골짜기'는 '골'에 '-짜기'가 붙은 말이고, '고랑'은 '골'에 '-앙'이 붙은 말이다. '-짜기'나 '-앙'은 모두 앞말에 붙어 쓰이는 말로 뜻의 차이는 없다. 다만 서울말을 표준어 사정의 기준으로 삼다 보니 '골짜기'는 표준어가 되고 '고랑'은 충청 사투리가 된 것이다.

그런데 생각해 볼 것은 표준어에 '고랑'이 있다는 것이다. '골짜기'와 '고랑'이 같은 말인데 어째서 표준어가 둘일까? 그리고 충청말 '고랑'은 왜 표준어가 아닐까?

'고랑'의 '골'에서 나온 말이다. '골'은 산의 등성이와 등성이 사이로 깊게 패어 들어간 부분이다. 두둑한 땅과 땅 사이에 길고 좁게 들어간 곳이다. 또는 물체에 패인 금을 이르는 말이다. 이 '골'에서 '고랑'과 '골짜기'란 말이 생겨났다.

말이 생겨난 초기에는 '고랑'이나 '골짜기'가 같은 말이었다. 그런데 세월이 흐르고 두 말의 쓰임이 지역에 따라 달라졌다. 충청도에서는 '고랑'이란 말을 주로 썼다. 충청도의 '고랑'은 산골짜기와 밭고랑을 함께 이르는 말이다. '산골짜기'는 '산고랑'으로 쓰고, 밭의 고랑은 '밭고랑'으로 쓴다. 옛말의 의미를 그대로 간직한 것이다.

이와 달리 경기 서울 지방에서는 '고랑'과 '골짜기'를 함께 써 왔다. 오래도록 함께 쓰이다가 두 말의 뜻이 갈라졌다. '골짜기'는 '산등성이와 등성이 사이에 깊게 패어 들어간 산기슭'만을 이르게 됐고, '고랑'은 '밭의 두둑과 두둑 사이의 깊게 패여 들어간 곳'을 이르게 됐다. 사정이 이러하여 어원은 같지만 두 말이 서로 다른 말이 되고, 모두 표준어가 되었다.

이렇게 경기 서울말 '골짜기, 고랑'이 모두 표준어가 되다 보니, '골짜기와 밭고랑'을 모두 뜻하는 충청말 '고랑'은 표준어다 되기도 하고 사투리가 되기도 한다. 결론적으로 '고랑'이 밭고랑이나 땅에 난 금을 나타내면 표준어가 되고, 골짜기를 나타내는 말로 고랑을 쓰면 사투리가 되는 식이다. 물론 충청 지방에서도 '밭고랑'과 달리 '산고랑'을 이를 때는 '고랑텡이'란 말을 많이 쓴다.

아래에 표준말로 쓰인 '고랑'과 이에 관련된 몇 가지 충청말을 적어 본다.

- 밧을 갈긴 가넌디 **고랑**을 너머 넓게 치구 있구먼.'밭고랑'
  의 뜻-표준어

- 진 **밧고랑**일 뭐더러 들어가넝 겨?'밭고랑'의 뜻-표준어

- 가야산 짚은 **고랑**이 들어갔더니 싸리버섯이 지천이더
  라구.'골짜기'의 뜻-사투리

- 오떤 여자가 **산고랑텡이**루 시집을 올라구 허겄남?'산골'
  의 뜻-사투리

- 서울 냥반이 머 땜이 이런 **산고랑**이서 살라구 헌대
  유?'산골'의 뜻-사투리

자전거와 자징거

따르릉 따르릉 비켜나세요
자전거가 나갑니다. 따르르르릉
저기 가는 저 사람 조심하세요
우물쭈물 하다가는 큰일납니다

추억의 동요를 한 번 불러 본다. 지금의 음악 교과서에선 지워졌지만, 1927년에 나와 100년 넘게 불러온 노래로 모르는 이가 많지 않다. 너무 잘 알려져 남들 앞에서 부르면 유치해지거나 촌스러워지기 십상이다. 그렇지만 자전거만 타면 흥얼거려지는 노래. 제목은 '자전거'인데 그냥 '따르릉'으로 더 잘 기억되는 노래.

이 노래를 우리는 학교에 들어가기 전에 이미 배웠다. 애 어른 구분 없이 불러 대니 1학년 음악 시간에 따로 배우지 않아도 다 알고 있었다. 그런데 학교에서 부르는 노래는 이

상했다. 선생님 풍금에 맞춰 부르는 자전거는 우리가 아는 따르릉이 아니었기 때문이다.

우리들이 배운 노래는 충청말 버전이었다. 표준어 노래 따르릉이 아닌 충청말 노래 찌르릉이었다. 자전거가 나가는 것이 아니라 자징거가 나가는 것이었고, 우물쭈물하다가 큰일이 나는 것이 아니고 어물어물허다가 큰일이 나는 것이었다. 그래서 선생님이 자전거라 가르쳐도 어린 우리들은 자징거가 나간다고 죽어라 목청을 높이곤 했다.

자전거自轉車는 한자말이다. 충청도에서는 '전轉'을 '즌'으로 발음한다. '전기, 전차, 전쟁' 따위를 '즌기, 즌차, 즌쟁'이라고 말하는 것처럼. 그러니 자전거의 충청말은 '자즌거'가 되고, 자즌거가 말하기 쉽게 '자중거>자징거'의 형태로 바뀐다. 더 심하게 바뀌면 '자징겨'가 될 수도 있다.

지역말에는 그 지방 사람들의 감정과 정서가 녹아 있다. 그래서 노래도 자신의 감정이 잘 묻어나는 자기 말로 부르는 것이 더 맛있다. 아리랑도 지방마다 조금씩 다르고, 부를 때도 맛이 다 다른 것처럼.

봄이 오고 있다. 더러 자전거에 몸을 싣고 들길을 달려보자. 시원한 바람이 가슴을 스쳐갈 때, 가볍게 밟아가는 발판페달에 맞춰 노래를 불러 보자. 자전거 노래가 아닌 자징거 노래를.

찌르릉 찌르릉 비켜나시유

자징거가 나갑니다. 찌르르르릉
저기 가넌 저 사람 조심허시유
어물어물 허다가넌 큰일 납니다

이더러인 왜 간 겨?

'이웃'의 충청말

① • **"이더러**인 왜 간 겨?" 이웃집에는 왜 갔는가?

• "야, **이더러**이 일이 점 생겼대서유." 예, 이웃집에 일이 생겼다고 해서요.

• "**이우지**에 먼 일 있던감?" 이웃집에 무슨 일 있던가?

• "**이우지** 총각이 벳지게를 지구 일나다가 논둑이 오여져 크게 다쳤대유." 이웃 총각이 볏지게를 지고 일어나다가 논둑에 엎어져 크게 다쳤대요.

• "그려? 그런 일이 있으믄 **이웆**이서 서루 돕구 그리야지. **이웆** 그 총각보구 용헌 침쟁이 델구 시방 내가 떠가구 있다구 즌혀 줘." 그래? 그런 일이 있으면 이웃에서 서로 돕고 그래야지. 이웃 그 총각한테 가서 내가 지금 용한 침쟁이 데리고 달려가고 있다고 전해 줘.

② • "무더미 오래 여슴 톳기 **이우지** ㄷ 외얏도다." 무

덤이 오래도록 여우와 토끼의 이웃이 되었구나.

- "**이우지** 늘근이둘히 말려 니로딕 네 엇디 술피디 못
  호 눈다." 이웃 늙은이들이 말려 이르기를 '네 어찌 살피지 못하였
  느냐?

　도시화가 이루어지고 아파트들이 가득하니 이웃 사이가
예전 같지 않다. 서로를 돌아보며 정을 나누며 사는 것이
쉽지 않은 세상이 되었다.

　충청도에는 '이웃'을 나타내는 말이 여럿이다. '이우지,
이웆, 이더러'가 그런 말이다. 충청도에서 가장 널리 쓰는
말은 '이우지'다. 얼핏 표준말인 '이웃'과는 차이가 크고,
뭔가 촌스럽기도 한 듯싶다. 그런데 ②의 옛말을 살펴보면
'이웃'의 옛말이 '이웆'이었고, '이우지'였음을 알 수 있다.

　②의 문장은 15세기 문헌에 나오는 것들이다. 이 문장 속
의 '이우지'는 '이웆+이, 이웆+의'를 소리 나는 대로 쓴 경
우다. 그러니까 '이웃'의 옛말은 '이웆'이다. '이웆'에 조사
'이'나 '의'가 붙으면 '이우지'의 형태가 된다. 이때 명사 뒤
에는 으레 조사가 붙어 다니니까 충청도에서는 보통 '이우
지'라 쓴다.

　그런데 이웃집을 뜻하는 '이더러'는 형태가 특이하다. 충
남 서북부 지역에서는 '이우지' 못지않게 '이더러'를 많이
쓴다. 네이버 오픈 국어사전에 보면 '이더러'는 충남 홍성
지방에서 쓰는 사투리라고 풀이한다. 그런데 이는 맞지 않
는다. 이 말은 서산과 당진, 예산, 아산, 청양 등 광범위한

지역에서 두루 쓰이는 말이다. '이더러'는 '이우지'와는 아주 조금 다르다. '이우지'는 '이웃집과 이웃사람'을 모두 포함하는 말인데 반해 '이더러'는 '이웃집'만을 뜻하는 말이다. '이더러'의 반대말은 '저더러'다. 이는 이웃집이 아닌 저쪽에 있는 집이란 말이다.

정리하면 충청말 '이웆'은 사투리이면서 옛 우리말이다. '이우지'는 '이웆'에 조사가 붙어 변한 말이다. 세월이 깊어 갈수록 옛것이 그리워지는 법이다. 오래된 친구가 그리워지는 법이다. 옛정이 그리울 때는 고향 마을에 가서 그리운 '이더러, 이우지'를 들러 보자.

함께 섭섭해 우옵네다

'함께'의 충청말

모란이 피기까지는

나는 아직 나의 봄을 기다리고 있을테요

모란이 뚝뚝 떨어져 버린 날

나는 비로소 봄을 여읜 설움에 잠길 테요

오월 어느 날 그 하루 무덥던 날

떨어져 누운 꽃잎마저 시들어 버리고는

천지에 모란은 자취도 없어지고

뻗쳐오르던 내 보람 서운ㅎ게 무너졌느니

모란이 지고 말면 그뿐 내 한 해는 다 가고 말아

삼백 예순 날 **하냥** 섭섭해 우옵네다

모란이 피기까지는

나는 아직 기다리고 있을 테요

찬란한 슬픔의 봄을

위 시는 '김영랑' 시인의 '모란이 피기까지는'이다. 참 유명한 시라서 모르는 분이 거의 없겠다. 시 속에는 모란을 사랑하는 화자가 울고 있다. 어느 봄날 모란이 뚝뚝 떨어져 버린 슬픔에 삼백예순날 젖어 있다. 젖은 채로 새롭게 피어날 모란의 찬란함을 내내 기다린다.

위 시 10행에 '하냥'이란 시어가 있다. 이 '하냥'은 '함께, 늘'의 뜻을 가진 충청과 전라 사투리다. 이 말을 보니 김영랑 시인은 충청도나 전라도강진 사람이겠다.

'하냥'은 '흔'에서 생긴 말이다. '흔'은 보통 '하나'를 뜻하는 말이지만, 뜻이 확장되어 '같이'의 뜻으로도 많이 쓰였다. 이 '흔'은 '흔삐>흔께>함께표준어/한치충청말, 흔때>한때, 흔 굴>한결표준어/행결충청말. 흔 굴갇티>한결같이표준어/행결같이충청말, 흔갓지다>한갓지다'처럼 많은 말로 확장되었다. 그 가운데 하나가 '흔+-양→하냥'이다.

'하냥'의 뜻은 둘이다. 하나는 '하나와 같이 늘'이고, 다른 하나는 '여럿이 함께'다. 그래서 '하냥'의 표준어도 둘이다. 국어사전을 뒤적이면 '늘'의 충청, 전라 사투리, 또는 '함께'의 충청, 전라 사투리로 등재되어 있다.

위 시에서 '삼백 예순 날 하냥 섭섭해 우옵네다'를 평자들은 '모란이 진 슬픔에 잠겨 1년 내내 우는 시적 화자의 모습'을 그려낸 것이라 해석한다. 이는 '하냥'을 '늘'로 해석한 경우다. 그런데 '하냥'을 '함께'로 해석한다면 느낌이 사뭇 달라진다. 떨어진 꽃잎을 보면서 화자 혼자 슬퍼하는 것이 아니라 '꽃잎을 떨군 모란과 함께 슬퍼하는 화자'가 되기 때문이다. 서울이나 다른 지방 평자가 아닌 충청·전라말을 잘 아는 평자가 위 시를 해석한다면 느낌과 의미가 더 풍부해질 것 같다.

제2부

내가 어렸을 적이
점 베락맞었어

베락, 내가 점 베락맞었어

여름철이면 벼락이 찾아든다. 번쩍, 밤하늘을 가르는 번개는 머릿속을 하얗게 만든다. 문득 서늘해진 가슴을 쓰노라면 천둥이 지축을 흔든다. 장대비가 쏟아지고, 창문을 때리며 달려드는 벼락에 잠을 설치기도 한다.

여름밤을 때리는 번개와 천둥을 충청도에선 '베락'이라고 한다. '베락' 외에 '브락[비으락]'이나, '비락'을 쓰는 사람도 있었다. '브락'은 충남 북부의 지식인들이 가끔 썼다. '비락'은 남부 지역에서 종종 쓰였다. 이런 일부를 제외하고는 다들 '베락'이라 했다.

이 '베락'에 '맞다'가 이어지면 '베락맞다'가 된다. 그런데 충청말 '베락맞다'는 표준어 '벼락 맞다'와는 다르다. 표준 국어사전을 펼치면 '벼락 맞다'는 단어가 아니다. '벼락을 맞다. 큰 벌을 받다. 크게 꾸중을 듣다'의 뜻을 지닌 어구가 된다. 그래서 표준어에서는 이를 두 말로 구분하여 띄

66

어 쓴다.

충청말에서도 띄어 쓰면 표준어와 같은 관용구가 된다. 그러나 붙여 쓰면 합성어가 된다. 합성어가 되는 조건은 두 말이 하나로 녹아드는 것이다. 띄어 썼을 때와는 뜻이 달라야 하고, 하나의 뜻을 지녀야 한다.

- "어렸을 적인 내가 점 **베락맞었어.** 넘이 집 광이 들어가 떡이구 뭐구 다 훔쳐 먹구, 장냥이 무진 심혔지." 어렸을 적에는 내 성격이 좀 벼락 치듯 종잡을 수 없었어. 남의 집 광에 들어가 떡이고 뭐고 다 훔쳐 먹고, 장난이 아주 심했지.
- "그 사람은 승질이 아주 **베락맞으니께** 윙간허믄 상종허 덜 말어." 그 사람은 성격이 아주 벼락 치듯 종잡을 수 없으니까 웬만하면 만나지 마.

충청말 '베락맞다'는 벼락을 맞거나 크게 혼꾸녕이 난다는 뜻이 아니다. 위 문장에 쓰인 '베락맞다'는 '성미가 벼락 치듯 하여 종잡을 수 없다.'는 말이다. 이런 까닭에 충청말 '베락맞다'는 합성어가 될 수 있고, 그래서 '벼락맞다'란 표제어로 당당히 국어사전에 올라갈 자격이 있다.

세 빠지게, 새 빠진 소리

① 한 달 동안 **세 빠지게** 일혔넌디 풍갑을 안 주넌 경우가
오딨대유? 한 달 동안 죽도록 일했는데 품값을 안 주는 경우가 어
딨대요?

② **새 빠진** 소릴랑 여서 지끌이지 말구 늬 집 가서나 허란
말여. 엉뚱한 소릴랑 여기서 지껄이지 말고 네 집에 가서나 하란 말
이야.

③ 저 눔이 낮잠을 잘못 잤나? 왜 **퉁세 빠진** 소릴 허구 자
뻐진 겨? 저 놈이 낮잠을 잘못 잤나? 왜 정신없는 소릴 하고 자빠진
거야?

①에 나온 '세 빠지게'는 관용구다. 관용구는 '습관적으
로, 본래의 말뜻과는 다른 뜻으로 사용하는 구문'이다. '세
빠지게'의 표준어는 '혀 빠지게'다. '숨이 턱에 닿아 혀가
빠질 지경에 이르렀다'는 뜻에서, '몹시 힘을 들여 놓은 상

태'를 이르는 말이다. '혀'의 충청말이 '세'니까 '한 달 동안 죽도록 일을 했는데 왜 품삯을 주지 않느냐'며 따지는 내용이다.

②에 나오는 밑줄 친 '새 빠진 소리'는 관용구 가운데 속담에 속한다. 본래의 말은 '석새삼베에서 한 새 빠진 소리'다. 석새삼베는 올이 굵고 성긴 삼베를 이르는 말이다. 그 성긴 석새삼베에서 한 새가 또 빠졌으니 가운데 토막이 텅 빈 불량 삼베다. 이렇게 쓰지 못할 삼베 같은 소리, 곧 실없는 소리를 비꼬아 이르는 말이 '석새삼베에서 한 새 빠진 소리'다. 이 말을 충청도에서는 더 줄여 '새 빠진 소리'라 쓴다. 그러니까 ②는 '실없는 소리 집어치우고 집에나 가라.'는 핀잔이다.

③의 밑줄 친 '퉁세 빠진 소리'도 '새 빠진 소리'와 비슷한 관용구다. '퉁세'는 재래식 화장실의 변기다. 변소 밑에 묻어 놓은, 똥을 받는 항아리가 퉁세다. 그러니까 '퉁세 빠진 소리'는 '똥독에 빠진 사람이나 하는 소리'다. 똥독에 빠질 사람도 드물거니와, 똥독에 빠진 사람이 하는 소리가 정상일 리 없다. 하여 이치에 맞지 않는 말이나 실없는 말이 '퉁세 빠진 소리'가 된다.

일상생활에서 우리는 속담이나 격언 따위의 관용 구문을 종종 이용한다. 관용구는 자신의 생각을 재미있고 효과적으로 드러내 준다. 본래의 뜻을 알고 쓰면 더 재미있다.

모냥이 야리끼리허다

• '야리끼리허다'에 대한 설명으로 바른 것은 어느 것일까?

　① '앗살허다, 나래비스다' 따위와 같이 일제 강점기 때 들어와 쓰이는 일본말의 잔재다.

　② 충청도 일부 지방에서 쓰는 순우리말이다.

　③ 표준말은 '아리까리하다'이다.

　④ '이상야릇해서 보기 흉하다'란 뜻을 가진 말이다.

'야리끼리허다'는 요즘 거의 쓰지 않는 말이다. 이 말은 충남 서북 지역에서 널리 써 온 말인데 표준어에 밀려 쓰는 이가 사라졌다. 요즘 텔레비전 오락방송에서 '아리까리하다'란 말이 가끔씩 들린다. 그럼 '아리까리하다'는 또 어떤 말일까?

일단 '야리끼리허다'와 '아리까리하다'는 같은 말이다.

쓰는 지역에 따라 조금씩 달라진 것이다. 방송에서 가끔 '아리까리하다'가 드러나서 표준말이 아닐까 하는 분들이 있다. 그런데 '아리까리하다'는 표준어가 아니라 전라도 방언이다. '아리까리'는 충남 남부 지역에서 일부 쓰기는 하지만 충청도에서 두루 쓰는 말은 '야리끼리하다/야리끼리허다'다. 표준어가 된 경기서울말은 '아리송하다'다.

①의 '앗살허다'와 '나래비스다'는 일본말의 찌꺼기다. '앗살하다'는 '시원하다'의 뜻으로 '맺고 끊음이 분명한 것'을 이르고, '나래비스다'는 '길게 줄을 서는 것'을 이르는 말이다. 지금도 일제 강점기를 살아온 어르신들이 모르고 쓰는 경우가 더러 있다. 얼른 버리고 우리말로 고쳐 써야 할 일이다.

③의 '아리까리허다'의 표준어는 '아리송하다'다. '아리까리헷갈리는 모양'에 '허다'가 붙은 말이다. 그러니까 '이것인지 저것인지 분명하지 않아 헷갈리다'의 뜻을 가진 말이다. ④의 풀이는 잘못되었다.

바른 답은 ②의 충남 지방에서 쓰이는 순우리말이다. 덧붙여 '모냥'은 '모양模樣의 충청말이다.

지둘르다, 찌다랗다

충청말의 '구개음화'

　충청말의 큰 특징 가운데 하나는 '구개음화口蓋音化'가 흔히 일어난다는 것이다. 구개음口蓋音, 입천장소리은 혀의 앞쪽과 딱딱한 입천장 사이에서 나는 소리다. 대표적인 구개음은 'ㅈ,ㅊ,ㅉ'이다. 본래 구개음이 아닌 소리가 'ㅈ,ㅊ,ㅉ' 따위의 구개음으로 변하는 것을 구개음화입천장소리되기라 한다.

　충청말에서는 아주 다양하게 구개음화가 일어난다. 특히 혀뿌리와 여린입천장軟口蓋, 딱딱한 입천장 안으로 혀를 밀어 넣었을 때 뒤쪽의 물컹한 입천장 사이에서 터져 나오는 소리인 'ㄱ'이 'ㅣ' 모음 앞에서 구개음인 'ㅈ'으로 변하는 말이 아주 많다. 이렇게 충청말에서 구개음화가 많이 일어나는 까닭은 연구개음인 'ㄱ'이 'ㅣ'모음 앞에서 발음하기가 불편하기 때문이다. 모음 'ㅣ'는 혀의 앞쪽과 딱딱한 입천장에서 나는 구개모음口蓋母音이다. 이에 'ㄱ'을 구개음인 'ㅈ'으로 발음하면 혀를 크게 움직이지 않고도 쉽게 발음할 수 있다.

충청말은 이렇게 말을 쉽게 하는 방향으로 변화되었고, 그 대표적인 것이 구개음화다.

이처럼 구개음화된 충청말을 몇 항목 정리해 둔다. 살펴 보시면 충청말을 쉽고 재미있게 이해할 수 있을 것이다.

- 겨 → 저. 보릿저보릿겨. 속저속겨. 쌀저쌀겨. 왱저/왱겨왕겨.
- 겨드랑이 → 저드랑이/저드랭이.
- 겨우 → 제우/지우. 제우제우/지우지우겨우겨우.
- 겨울 → 즐/즊. 즈살이겨우살이. 즈내/즐내겨우내. 즊잔겨 울잠. 즊진장겨울김장. 즐짐치/즊짐치겨울김치.
- 곁 → 젙. 젙밥/접밥곁밥. 젙가쟁이/젙가징이>적가쟁 이/적가징이곁가지.
- 계집 → 지집. 지집애계집애.
- 길다 → 질다/찔다. 지다랗다/찌다랗다기다랗다. 지울 다/찌울다기울다. 지울이다/찌울이다기울이다.
- 기다리다 → 지둘르다. 지둘르기기다리기. 지두름기다림.
- 기대다 → 지대다.
- 그밖 : 지둥기둥. 지둥뿌리기기둥 뿌리. 지둥서방기둥서방. 지름기름-쾌지름. 들지름. 지름기. 챙지름/창지름. 콩지 름. 질길-논둑질. 들질. 밭질. 질거리/질걸. 행질. 지르 다/질르다기르다. 지울기울-밀지울. 쌀지울. 지침기침. 질 다/찔다깉다. 지리기/찌리기길이. 짚다/지프다깊다. 쩐 다/쩐지다끼었다 따위

밥알과 머리칼이 꼰두스다

'꼰두筋斗'의 뜻과 활용어

- "올마나 놀랬넌지 **머리칼이 꼰두섰다니께.**" 얼마나 놀랬는지 머리칼이 거꾸로 섰다니까.

- "난 너만 보믄 **밥알이 꼰도서.**" 난 너만 보면 먹던 밥알이 거꾸로 치솟아.

'꼰두'의 원말은 '근두筋斗'다. '힘줄 근筋'에 '싸울 두斗'가 붙은 한자말로 '몸이 거꾸로 내리꽂히다.'란 뜻의 말이다. 이 말이 오래 쓰이면서 '곤두'가 됐는데, 충청 지역에서는 소리가 강해져서 '꼰두, 꼰도, 꼰주'라 쓴다. 표준말과 견주면서 몇 가지 쓰임을 살펴보자.

'머리칼이 꼰두스다'와 '밥알이 꼰도스다'는 관용어다. '꼰두스다'는 '몸이 거꾸로 서는 것'이다. 표준말은 '곤두서다'인데 요즘 이 말을 쓰는 이는 거의 없다. 대신 '물구나무를 서다'란 말을 많이 쓴다. 그래서 충청말 '꼰도서기'는 표준어 '물구나무서기'가 된다.

'머리칼이 꼰두서는 것'은 갑자기 크게 놀라거나 무서운 상황에서 머리에 소름이 돋으면서 머리카락이 일어서는 것이다. 진짜로 머리카락이 사자 갈기털처럼 일어서는지는 잘 모르겠다. 궁금하신 분은 오밤중에 깊은 산중을 헤매 보면 알 일이다.

'밥알이 꼰도스다'도 관용어다. 관용어는 원래의 뜻이 아닌 다른 뜻으로 굳어진 말이다. 그러니까 '밥알이 거꾸로 선다'는 말이 아니라 '먹던 밥을 토할 정도로 아니꼽다'는 말이다. 누군가가 내게 일러 주었다. 가난했던 친구가 잘살게 되자 가난한 친구들을 무시했단다. 그때 부자가 된 친구에게 쓴 말이었다고.

아래 한두 문장 더 살피면서 충청말을 되새겨 보자.

- "내 동무는 **꼰두스기**를 잘헌다." 내 친구는 물구나무서기를 잘한다.
- "자징거를 타구 싸댕기다가 똘강이 **꼰도백혔다**." 자전거를 타고 쏘다니다가 도랑에 거꾸로 박혔다.
- "쌀갑이 **꼰두박질쳐서** 올히두 매상허기 심들겄다." 쌀값이 곤두박질쳐 올해도 매상하기가 힘들겠다.

개갈 안 나네

총각 총각 삽다리 총각
꽃산의 진달래 손짓을 하는데
장가는 안 가고 날일만 할 텐가
개갈이 안 나네 **개갈**이 안 나
주햇돌 논두렁 **개갈**이 안 나
총각 총각 삽다리 총각

1970년대 초였던가? 저녁 연속극 <삽다리 총각>의 주제가다. 나이가 지긋하신 충청도 분들 참 흥겹게 청취했다. 인기가 전국에 가득했다.

그런데 위 노랫말에는 충청 사투리 하나가 끼어 있다. 바로 '개갈이 안 나네'다. 국어사전에서는 찾아볼 수 없는데 지금도 '개갈 안 난다'라는 말은 많은 사람들이 쓰고 있다. 분명히 살아 있는 말인데 국어사전에 올라가 있지 않다니

참 이상한 일이다.

'개갈'은 논둑을 손보는 일이다. 봄철 묵은 논을 갈고 모내기에 앞서 논둑을 정비하는 일이다. 이제 시절이 바뀌면서 농촌에서 개갈하는 일은 사라지고 '개갈'이란 말만 남았다. 의미도 달라져 '일이 시원하게 되어가는 형세'를 나타내게 되었다. 그러니까 '개갈이 나다'는 '논둑이 말끔하게 정비되다'라는 뜻에서, 일의 형제가 시원하게 진행됨을 뜻하는 말로 변했다. 그리고 '개갈이 안 나다'라고 하면 '일이 뜻 같지 않게 더디거나 안 풀리는 것'을 뜻하는 말이 되었다.

1970년대 방송을 탄 이후 '개갈'은 전국으로 널리 퍼져갔다. 지금은 충남 서북 지역 뿐만 아니라 전국 곳곳에 쓰는 이가 생겼다. 텔레비전 방송에서도 가끔 들을 수 있다. '표준어에 없는 지역말은 표준어로 삼는다.'는 표준어 사정 기준에 의하면 진작 국어사전에 올라가 있어야 한다. 그런데 '개갈'이란 말이 충남 서북 지역에서만 쓰고 있어서 충분히 조사가 되지 못했던 게 아닌가 한다. 앞으로 사람들이 좀 더 쓰고 시간이 지나면 다음 세대의 아이들은 '개갈'이란 말을 국어사전에서 찾아볼 수 있을 것이다.

요즘 세상살이가 많이 힘들다. 개갈 나는 세상을 꿈꾸는 충청의 어르신이 이렇게 말한다.

"요짐은 **개갈 안 나넌** 일덜이 너머 많어. 그리두 심덜 점 내서 **개갈나게덜** 살어봐야지."

기다와 그렇다
표준어가 될 수도 있었던 '기다'

학창 시절, 국어를 가르치던 선생님은 서울에서만 크고 자란 여자 분이었다. 충청도 학교에 첫 발령을 받고 막 근무를 시작했을 때 학부모 한 분의 전화를 받게 됐더란다. 그런데 대화 도중 그 학부모가 '기여요, 기여요' 하더란다.

"아니, 왜 얘기하다 말고 자꾸 기어다니라는 거지?"

기어다니게 할 대화가 없는데 왜 자꾸 학부모가 기는지, 자신보고 왜 기어 다니라는 건지 선생님은 도통 알 수가 없었단다. 훗날 그것이 자신의 말에 그렇다고 긍정하는 말이란 걸 알았지만, 그 전화를 받는 동안 많이 당황스러웠단다.

여기서 '기다'라는 말은 표준어에 없다. 없으니 당연히 서울에서는 쓰지 않는다. 그런데 표준어 사정 규칙에는 '서울에 없는 지방말은 표준어로 삼는다'는 조항이 있다. 그러니 충청도에서 많이 쓰는 '기다'는 표준어가 돼야 할 것만 같다.

그렇지만 불행히도 '기다'는 표준어가 되지 못했다. 표준어를 사정하는 학자들이 '기다'를 '그렇다'의 사투리로 보았기 때문이다. 충청도에서는 '기다'와 '그렇다'가 다른 말인데, 학자들이 보기엔 그렇지 않았던 거다.

충청말에서는 말끝에 오는 어미 '-아요/-어요'는 '유'로 줄어든다. 표준어가 '그렇-+-어요→그래요'가 된다면 충청말은 '그렇-+-유→그류'가 된다. 이에 반해 '기다'에 같은 어미를 붙이면 '기-+-어유→기유'의 모양이 된다. 어원은 같더라도 '그렇다'가 '기다'의 형태는 크게 다르다. 의미도 '그류'가 일반적 긍정을 나타내어 '그래요'와 대응한다면, '기유'는 '정확하게 들어맞다'는 뜻을 나타내어 표준어 '맞아요'에 대응하는 말이다. 서울말에 '맞다, 그렇다'라는 긍정을 표시하는 말이 있다면 충청도에는 '기다'라는 말이 더 있어 더욱 다양하게 긍정을 나타낼 수 있는 것이다.

교육 기회의 확대와 통신 매체의 발달로 지역 방언들이 하나둘씩 사라져 간다. 그렇지만 지금도 어르신들의 말 속에는 충청의 정체正體같은, 구수한 방언들이 수없이 살아 있다.

소가 오여지다

잊혀져가는 충청말

초등학교 때의 일이다. 아버지는 아침마다 컴컴한 외양간에서 암소를 마당으로 내었다. 나는 아버지가 참 용감해 보였다. 얼른 커서 나도 소를 몰고 마당에 나가는 날을 손꼽았다.

어느 날 아침이었다. 아버지가 소를 마당으로 내 가려다가 잠깐 다른 일을 보셨다. 나는 이때다 싶어 외양간으로 달려갔다. 늘 그렇게 옆으로 누워 되새김질하던 소와 늘 보던 기둥의 매듭, 나는 당당하게 소 옆으로 가고 싶었다. 그러나 소에게 다가가는 일은 생각보다 겁이 났다. 조심조심소를 피해 줄을 풀기 시작했다. 소는 마당에 나갈 시간인 것을 알고 벌떡 일어나 마구 줄을 잡아당겼다.

나는 얼결에 줄을 풀긴 했지만 줄이 소의 다리에 엉키고 말았다. 소는 엉킨 줄을 풀려고 다리를 뻗대며 무작정 마당으로 향했다. 나는 어쩔 줄 모르고 주춤주춤 딸려갔다. 일을 보던 아버지가 그 모습을 보고 달려왔다. 얼른 줄을 잡고 나를 물러서게 하였다.

'소가 왼짝이루 **오여지면** 뭇 일어나. 줄이 엉기게 허믄 안 되넌 겨.'

아버지에게 멋지게 소를 몰고 나가는 모습을 보여 주고 싶었던 계획은 박살났다. 대신 걱정만 들었다. 그 부끄러움 속에서 나는 '오여지는 것'이 '다리가 꼬여서 넘어지는 것'이라는 것을 생생하게 알았다.

그리고 적지 않은 세월이 지나 지금 '오여지다'란 말은 사라졌다. 말들이 겹겹이 쌓여있는 인터넷이나 방언사전을 뒤져도 보이지 않는다. 수없이 검색되는 '넘어지다, 자빠지다'의 그림자 속에 사라진 '오여지다'를 나는 생각한다. 지금도 시골 어르신들 사이에서는 흔히 쓰이는 말인데, 분명히 우리 곁에 살아 있는 말인데, 이 말을 기억하려는 이는 없다.

• 오여지다 : 오여左/좐, 왼쪽, 바르지 않은 것 + 지다落, '떨어지다, 넘어지다'를 뜻하는 보조동사 - '왼편으로 넘어지다'. 또는 '잘못 넘어져 다치다'의 뜻.

괴타리 추실르다 해다간다

'허리띠'의 충청말 '괴타리'

"저누무 자석, 피사리 점 허랬더니 **괴타리 추실르다가 해다 가네.**" 저놈의 자식, 논의 잡초를 좀 뽑으라 했더니 바지춤 매만지며 게으름을 피우다가 날 저무는군.

'피사리'는 벼 사이로 자라난 피를 뽑아 내는 일이다. 피는 볏과에 속하는 잡초다. 벼와 아주 흡사하여 같이 자라나 여름날에 뽑아 주지 않으면 소출이 줄어든다. 요즘은 논에 피도 없고, 간혹 있다 해도 약제를 살포하여 없앨 수 있다. 그러니까 위 문장의 피사리는 요즘 얘기가 아니다.

충청도엔 '괴타리 추실르다 해다간다.'라는 속담이 있다. 여기서 '괴'는 '고의'의 준말이고, '고의'는 예전 남자들이 입던 홑바지다. '타리'는 둥그렇게 말아 놓은 끈을 이르는 '타래'가 변한 말이다. 그러니까 '괴타리'는 남자의 바지가 흘러내리지 않도록 허리춤에 조여 묶는 끈을 이르는 말이

82

다. 한 마디로 '허리띠'다.

내 이웃에 조카뻘 되는 아이가 있었다. 애 아버지가 피사리를 같이 하자며 논으로 나섰다. 그런데 아이가 방 안에서 나오지 않는다. 빨리 가라고 엄마가 재촉해도 일이 있으니 기다리란다. 한참 뒤에야 꿈지럭꿈지럭 굼뜬 걸음으로 나온다. 위 문장은 그 모습을 보며 아이 엄마가 한 소리다.

'꾀타리 추실르다 해다간다'를 표준어로 바꾸면 '바지춤 챙기다 날 저문다'가 된다. 딴전만 피우다가 정작 중요한 일을 하지 못하는 것을 빗대 이르는 말이다. 충청도의 엄마들은 일하기 싫어 꾀를 피우는 아이를 직접 겨냥하지 않는다. '이놈아, 아빠 따라 빨리 피사리 가!' 하고 소리치지 않는다. 꾸물거렸지만 이왕 방안을 나선 아이다. 그래서 엄마는 꾸중을 하지 않는다. 핀잔의 의미를 다른 말에 담아 아이가 생각하게 한다. 엄마의 걱정을 들은 아이가 발걸음을 재촉한다.

예로부터 전해지는 속담은 비유어로 이루어진다. 직접 말하지 않고 돌려 말하거나, 속뜻을 다른 것에 빗대어 전하는 것이다. 충청말은 다른 지역에 비해 돌려 말하기나 비유어가 발달해 있다. 이런 말들은 재미있다. 여유가 있고 상대를 직접 자극하지 않는다.

방갑다구 손은 잡더먼
'반기다'의 충청말

배곯던 시절이 있었다. 보리밭에 보리가 누렇게 익어 가던 시절이 있었다. 모내기를 끝낸 논에서는 벼들은 파랗게 일어서는데, 여름으로 가는 햇살이 길기만 하던 시절이 있었다. 지난해 추수한 양식은 겨우내 떨어졌다. 이름 봄날을 수놓던 쑥이며 냉이며 달래며 산나물도 이미 쇤 지 오래다. 등짝에 붙은 허기를 붙잡고 보리밭만 바라보던 시절, 내 할머니와 할아버지는 그것을 보릿고개라 했다.

"친증 오래비가 왔다구 **방갑다구 손은 잡더먼** 낯빗은 그게 아녀. **방갑기루야** 한이 읎겄지먼 가난헌 살림이 대접헐 게 읎응께." 친정 오빠가 왔다고 반갑다고 손은 잡지만 얼굴빛은 그게 아녀. 반갑기로야 한이 없겠지만 가난한 살림에 대접할 게 없으니까.

"보리밥두 구연 시절였응께, 봄판이나 여름인 손이 와두 **뱅길** 수가 읎었어." 보리밥도 귀한 시절이었으니까, 봄날이나 여름에

84

는 손님이 와도 반길 수가 없었어.

끼니때가 두려운 시절이었다. 숟가락 하나라도 덜고 싶은 시절이었다. 가는 손님이 반갑고 오는 손님이 두렵던 시절이었다. 보릿고개를 수없이 넘었다는 하얀 어르신이 먼 산을 바라보았다. 그 눈길 어딘가에 보릿고개의 추억이 높다랗게 걸려 있었다.

충청도 사람들은 편하게 말한다. '반기다'보다는 '방기다'가 쉽다. '산골'을 '상골'이라 하고, '산 것과 죽은 것'을 '상 거랑 죽응 거'라 한다. 공연히 혀를 움직이며 불편하게 말하지 않는다. 그래서 충청도 사람들은 '반갑다'라고 쓰고 '방갑다'라 읽는다. 말할 때는 한발 더 나아가 '방갭다'가 된다. 만덕이는 만딕이[만디기]가 되고, 용갑이는 용갭이[용개비]가 되고, 선영이는 슨잉이[스닝이]가 되는 이치와 같다.

세상이 바뀌면 말도 바뀐다. 배가 부르니 보릿고개가 잊혀지고 표준어가 확장되니 충청말이 사라진다. 충청 사투리는 이제 철 지난 세월 속 추억처럼 떠다니다가 머잖아 이 땅의 노인들과 함께 사라질 것이다. 이제 막 뿌리를 박은 모들이 푸르게 솟아나고 있다. 저 6월의 푸른 벼 포기들은 여름 지나 가을이 오면 풍성한 알곡을 남기고 사라질 것이다. 그것처럼 충청의 어르신들도 충청말의 알곡을 쏟아 놓고 가을 속으로 떠날 것이다. 저 가난했던 시절의 말의 알곡들, 그것은 새로운 세상을 열어 갈 이 나라 말의 터전이 될 것임을 우리는 안다.

내 이빨이 흔덩거려요

'흔덩거리다'의 표준어는?

아이들은 이를 간다. 여린 젖니가 빠지고 튼튼한 간니가 새로 난다. 아이들의 젖니는 대체로 유치원 때부터 빠져 초등학교 2~3학년쯤에는 간니영구치로 바뀐다. 아이들마다 이를 가는 시기는 다르다. 여자 아이들은 몸이 일찍 자라서 초등학교 1-2학년이면 갈고, 남자 아이들은 2-3학년이 돼서야 이를 간다.

오늘 2학년 남자 아이가 입 안에 손을 자꾸 넣었다 뺐다 한다. 내가 아이에게 묻는다.

"왜 자꾸 입에 손가락을 넣는 거야?"

불안한 눈빛으로 아이가 대답한다.

"내 이빨이 자꾸 **흔덩거려요**."

아하, 아이가 '흔덩거린다'는 충청 방언을 쓴다. 자, 여기서 어려운 질문 하나 드린다. 아래 문항 가운데 '흔덩거리다'와 가장 어울리는 표준어는 무엇일까?

① 흔들리다(흔들-+-리-+-다)
② 흔덕거리다(흔들-+-억-+-거리다)
③ 흔뎅거리다(흔들-+-엉-+-거리다)
④ 흔드렁거리다(흔들-+-엉-+-거리다)

답안은 ②번이다. '흔덩거리다'는 '흔들-+-잉-+-거리다'의 짜임을 지녔다. 같은 짜임으로 된 것은 ③④의 '흔뎅거리다'와 '흔드렁거리다'다. 짜임이 같으니 '흔덩거리다'의 표준어는 ③④가 돼야 할 듯싶다. 이런 까닭에 언어 공부를 많이 한 사람들도 충청말 '흔덩거리다'의 표준어는 '흔뎅거리다'라고 설명한다. 그런데 조금 다르다. '흔드렁거리다'는 'ㄹ'이 탈락하지 않았고, '흔뎅거리다'는 '흔덩거리다'가 변한 말이다.

말의 근원과 변화를 살펴보면 '흔덕거리다'와 '흔덩거리다'는 같은 말이다. 쉽게 얘기하면 '흔덩거린다'의 본말이 '흔덕거린다'다. 예전 충청도에서는 '흔덕거린다'가 많이 쓰였다. 경기 서울 지방에서도 '흔덕거린다'를 주로 썼다. 그래서 '흔덕거린다'는 표준어가 되었다.

충청도에서 흔히 쓰던 '흔덕거린다'는 일제 강점기를 지나면서 '흔덩거린다'로 변한다. 충청말에서 'ㄱ+ㄱ'은 'ㅇ+ㄱ'이 된다. [흔덕꺼린다]를 [흔덩거린다]로 바꾸면 소리가

88

부드럽고 편하게 된다. 이렇게 변한 까닭으로 '흔덩거린다'
는 충청 사투리가 되었다.

등치는 째깐하두 일을 잘 햐

충남남부말 '째깐하다'와 북부말 '째끄마다'

"등치는 **째깐하두**[째까나두] 일을 참 잘 햐." 몸집은 자그마해도
일을 참 잘 해. 충남 남부말

"등치는 **째끄마두** 일을 참 잘 혀." 충남 북부말

지금 '째깐하다'를 국어사전에서 찾으면 '전남 방언'이라
고 나온다. 전남 지역에서는 지금도 이 말이 많이 쓰이고 있다
는 뜻이다. 그래서 사람들은 '째깐하다'를 전라도 말이라 생
각한다.

서천에 사는 내 친구는 '째깐하다'란 말을 종종 쓴다. 얼
마 전에는 논산 어르신이 쓰는 것을 들었다. 또 금산에 가
면 들을 수 있다. 보통 사람들은 '째깐하다'는 본래 전라도
말인데 충남 남부 지역은 전라도와 붙어 있으니 그 말을 쓴
다고 생각한다. 그런데 예전 어르신들 말을 돌아보면 그렇지
않다. '째깐하다'는 충남 전역에서 참 많이 쓰던 말이다. 내가

사는 곳은 북부 예산인데 어릴 적엔 종종 듣던 말이었다.

그렇지만 충남 북부 지역에서는 '째깐하다'를 많이 쓰지 않는다. 대신 '째끄마다, 째끄맣다'를 주로 쓴다. 물론 이 말은 남부 지역에서도 많이 쓰지만 '째깐하다'와 '째끄마다'는 차령산맥의 남쪽 말과 북쪽 말을 구분해 주는 뚜렷한 징표가 된다.

요약하면 '째깐하다, 째끔하다'는 표준어 '자그마하다'에 대응하는 충청말이다. '째끔하다'는 지금 '째끄맣다'로 바뀌었는데, 이는 표준어 '자그맣다'를 닮아간 것이다. 아래에 충청도에서 널리 쓰이던 말 몇 개를 적는다. 돌아보며 충청말을 추억해 보자.

- "차미냐구 **째깐한** 봉텡이 몇 개 져왔넌디 그걸 누구 코이다 붙인댜?" 참외라고 자그맣고 못 생긴 것 몇 개 가져왔는데 그걸 누구 코에다 붙일까?-'가져온 참외가 먹잘 게 없다'는 말.
- "**째깐한** 애기다 그 먼 소리랴?" 조그만 아이한테 그게 무슨 소리래?-'아이에게 함부로 말하지 말라'는 말

- "요샌 감자두 다 기계루다 긁어 캐니께 **째그만** 거는 구녕이루 기냥 다 빠져나가."
- "차미는 **째끄만** 게 맛있구 수박은 큰 게 맛있넌 겨."
- "방이냐구 **째끄맣구먼** 여서 싯이 자라구?" 방이라고 자그마한데 여기서 셋이 자라고?
- "갸가 몸집은 **쪼고마두** 승질은 무쟈게 대차다닝께." 그

91

아이가 몸집은 작아도 성격은 매우 대차다니까.

• "저 핵교가 우덜 댕길 적인 이천 명두 넘었넌디 시방은 **쪼고마져서** 이백 명두 안 뎌."

척척혀 죽거당께

언어의 선택적 차이, '척척허다, 축축하다'

충청말 '척척허다'의 표준어는 '축축하다'다. '물기를 머금어 젖은 상태에 있는 것'을 뜻하는 말이다. 그런데 표준국어사전을 찾아보면 '척척하다'는 표준어다. '축축하다'와는 다른 말로 올라 있는 것이다. '젖은 것이 살에 닿아서 차가운 느낌이 있다.'라고 풀이하고 있다. 이는 얼핏 충청말 '척척허다'와 뜻이 닮아 있다. 그래서 충청도 사람들은 '척척하다'를 표준어라 생각한다.

표준 국어사전에는 '물건에 물기가 배여 있는 것'을 뜻하는 말이 셋 있다. '촉촉하다, 축축하다, 척척하다'가 그것이다. 이는 서울이나 충청도나 차이가 없지만, 그 쓰임에는 큰 차이가 있다.

'축축하다, 척척하다'는 '촉촉하다'의 큰말이다. 요즘 충청도에선 '축축하다'를 흔히 쓰지만 예전 충청 사람들은 '축축하다'란 말을 거의 쓰지 않았다. 충청 사람들에게는 어떤 물건에 물기가 알맞게 배여 있으면 촉촉한 것이고, 지나치게 배여 차갑거나 흘러내릴 정도가 되면 척척한 것이다. 이에 반해 서울 사람들은 '척척하다'를 거의 쓰지 않고 '축축하다'를 썼다. 그러니까 충청 사람이 '척척허다'라고 말할 때 서울 사람들은 '축축하다'라고 말한 것이다.

- "오다가 비를 맞어서 옷이 다 젖었어. 끈덕거리구 **척척혀** 죽겄당께." 오다가 비를 맞아서 옷이 다 젖었어. 끈적거리고 축축해 죽겠다니까.

- "수건 점 **척척허게** 물이다 정거 놔." 수건 좀 축축허게 물에 담가 놔.

- "지대루 짜두 않언 **척척헌** 걸레루 방을 딲으믄 오쩌냐?" 제대로 짜지도 않은 축축한 걸레로 방을 닦으면 어떡하니?

위 문장을 보면 충청말과 서울말의 차이가 뚜렷하다. 충청 사람들이 '척척하다' 할 자리에 서울 사람들은 '축축하다'를 쓰는 것이다. 물론 이 차이는 표준어를 아는 충청 사람들에겐 아주 작은 것이다. 그러나 '척척하다'를 처음 듣는 서울 사람들은 외계인의 말을 듣는 양 고개를 갸웃거린다.

돌아보면 충청도 사람들에게 '축축하다'나 '척척하다'는 느낌 차이가 있을 뿐 같은 말이다. 축축하면 어떻고, 척척하면 어떠냐? '지렁이'나 '지렝이'가 차이가 없듯 '척척'이나 '축축'이나 구분할 필요가 없다. 그래서 표준어가 세상을 판쳐갈 때 충청도 사람들은 자연스레 '축축하다'를 받아

들였다. 그리고 그토록 자연스럽게 쓰던 '척척허다'를 잊어
갔다.

우덜 일이 너두 써 주께

표준어와써 다른 '써주다, 써먹다'

충청말 '써주다'와 '써먹다'는 표준어와 다르다. 충청도에서는 이 말을 하나의 말로 인식하고 쓴다. 이에 반해 표준어에서는 두 개의 말로 구분하여 '써 주다'와 '써 먹다'처럼 띄어 쓰도록 한다. 왜 그런지 '써주다'를 통해 알아보자.

① "우덜 노넌 디 너도 **써주께** 일루 와." 우리가 노는 곳에 너도 끼워줄 테니 이리 와.
② "우덜이 허넌 일이 저 사람은 **써주믄** 안 뎌." 우리가 하는 일에 저 사람은 끼워 주면 안 돼.

일단 '써주다'는 '사용하다'의 뜻을 지닌 '쓰다'에 '주다'가 붙은 말이다. 이는 표준어 '써 주다'와 같다. 이런 까닭에 말할 때는 차이가 드러나지 않지만 실제는 전혀 다르다. 만약 충청말 '써주다'와 표준어 '써 주다'가 같다면, 위

96

①은 '우리들 노는 곳에 너도 써 줄게.'가 돼야 한다. 그런데 이건 말이 안 된다. 당연히 '우리가 노는 곳에 너도 끼워 줄 게.'가 돼야 한다. 정리하면 충청말 '써준다'의 표준어는 '끼워준다'가 되는 것이다. 마찬가지로 ②도 '저 사람은 써주면 안 돼.'라는 표현은 어색하다. 당연히 '저 사람은 끼워주면 안 돼.'로 풀어야 한다. 따라서 충청도의 '써주다'는 표준어 '써 주다'처럼 두 단어가 아니라, '어떤 일에 관여하도록 허용하다.' 또는 '같은 편으로 받아들이다.'의 뜻을 지닌 복합어가 된다.

- "자네같은 사람은 추럭이루 갖다줘두 **써먹을** 디가 읎어." 자네 같은 사람은 아무리 많아도 쓸 데가 없어.

'써주다'와 달리 '써먹다'는 표준어 '써먹다'와 같다. '쓰다'에 '먹다'가 이어진 꼴이다. 이때 '먹다'는 음식을 입에 넣는다는 말이 아니라, 앞선 말을 강조할 때 쓰는 말이다. 표준어에서는 본용언과 보조용언은 띄어 씀을 원칙으로 한다. 이는 충청도도 다르지 않지만, '써먹다'의 경우 충청 사람들은 한 단어로 인식한다. '무엇을 어디에 이용하다.'의 뜻을 지닌 한 단어기 때문에 띄어 쓰면 이상해진다.

'써주다'와 '써먹다'는 지금도 충청도와 전라도에서 널리 쓰는 말이다. 표준어와 용법이 다르지만 모양이 같기 때문에 사람들은 표준어로 알고 쓴다. 그러다 보니 표준어화가 일어나지 않았고, 반대로 '써먹다, 써주다'의 형태로 서울에 진출하여 큰 힘을 발휘하는 중이다.

갔슈, 갔유

표기법이 바르지 않은 충청말

국어의 자양분은 지역말이다. 언어는 시대에 맞춰 변하고 그 변화에 따라 수많은 말들이 생겨난다. 이때 국어가 모자라면 외국어를 수용하여 채워야 한다. 21세기는 국제화 시대다. 이에 걸맞게 어느 나라 말인지도 모를 외국어들이 이 땅에 범람한다. 이는 우리나라뿐 아니라 각 나라가 겪는 일이기도 하다.

지난 100년을 돌아보면 우리 국어는 감당할 수 없는 가시밭길을 달려왔다. 일제의 침탈로 일본어가 판을 치고 해방 이후에는 영어가 퍼져 갔다. 외국어 침탈 문제를 해결하기 위해 우리 국민들은 부단히 국어 순화운동에 동참했다. 그런 결과 한국어는 세계 속의 언어로 당당히 자리 잡게 되었다.

이러한 성공 뒤에는 지역말이 있었다. 국어학자들은 표준어를 사정하고, 서울에 없는 말들은 지역말을 조사하여 표준어로 삼았다. 그리하여 표준어는 그 절반이 지역말로 채워졌다. 이렇게 풍부한 지역말을 바탕으로 일본어의 잔재를 청산하고, 어느 언어에도 뒤지지 않는 풍부한 국어를 일궈낼 수 있었다.

그러나 지역말은 한때 금기시되었다. 1960~70년대는 산업화가 급속도로 진행된 시기였다. 제3공화국은 근대화란 이름으로 과거와 단절을 선언하였다. 미신타파란 미명 아래 미풍양속과 문화유산을 무너뜨리고, 획일화된 표준어 교육으로 지역말은 사투리란 이름으로 격하되었디. 라디오와 텔레비전에서 지역말이 사라지고 지역말은 국민 통합을 저해하는 요소로 인식되기도 하였다.

이제 시대가 바뀌어간다. 서울 중심의 중앙 집권적 구조는 지방 분권적 구조로 탈바꿈하고 있다. 사투리란 말은 점차 사라지고, 텔레비전과 매체들은 앞다투어 지역말을 다루고 있다. 그러나 오랫동안 표준어 중심으로 글을 써 오다 보니 지역말 표기법을 잘 모르는 이들이 많다. 특히 지역 신문들을 보면 잘못 쓰는 경우가 적지 않다. 그 대표적인 것이 '갔유'를 '갔슈'로 잘못 쓰는 경우다.

① 표준어의 형태
- '가-+-앗-+-어요→갔어요'
- '하-+-었-+-어요→하였어요/했어요'
- '먹-+-었-+-어요→먹었어요'

② 충청말의 형태

- '가-+-았-+-어유→갔어유>갔유'
- '허-+-었-+-어유→혔었어유/혔어유>혔유/힜유'
- '먹-+-었-+-어유→먹었어유>먹었유'

'갔유'는 '갔어요'에 대응하는 충청말이다. '유'는 충청말의 특징을 잘 드러내는 말로 표준어 '어요'에 대응하는 말이다. 그러니까 '유'는 '어유'의 준말이다. 충청 사람들은 툭하면 말을 줄여 쓴다. 위의 예는 표준어법에 맞춘 충청어법 공식이다. 이 공식을 적용하면 '갔슈, 힜슈, 먹었슈, 들었슈' 따위는 어법에 맞지 않는 표기다. 근거 없는 'ㅅ'이 끼어들었기 때문이다.

엥간허믄 자네가 참어

비슷하면서 다른 '엥간허다, 에지간허다, 웬만허다'

'엥간허다, 에지간허다, 웬만허다'는 서로 뜻이 닮고 쓰임새도 비슷하다. 특히 '엥간허다'와 '에지간허다'는 쓰임새가 서로 겹치는 경우가 흔하다. 이런 까닭에 많은 분들은 둘 다 '어지간하다'의 사투리로 알고 있다. 그런데 '엥간허다, 에지간허다'는 서로 다른 말이다.

먼저 위 세 말의 표준어부터 알아보자. '엥간허다'의 표준어는 '엔간하다'고, '에지간허다'의 표준어는 '어지간하다', '웬만허다'의 표준어는 '웬만하다'다.

'엥간허다'는 '무엇이 보통에 꽤 가깝다'는 뜻으로 '어연간하다'가 줄어든 말이다. '어연간하다→엔간하다→엥간하다'의 형태가 된 것이다. '엥간하다'는 발음이 편해서 서울 사람들도 많이 쓰고 있지만 '엔간하다'만 표준어다. 이런 까닭은 원말인 '어연-'에 'ㄴ'이 들어 있고 'ㅇ'은 없으니 어법상 'ㄴ'이어야 타당하기 때문이다.

'에지간허다'는 한자말 '어지간於之間'에서 나온 말이다. '어지간'은 '수준이나 정도가 보통에 가까운 것'을 뜻하는 말이다. 이 '에지간허다'는 표준어 '어지간하다'가 말하기 쉽도록 변한 것이다.

'웬만허다'은 '정도나 형편이 표준과 비슷하거나 조금 낫다'는 뜻으로, 옛말 '우션ᄒ다'에서 나온 말이다. '우연ᄒ다→우연만허다→웬만허다'로 변해온 것이다.

아래 문장을 통해 세 말의 쓰임을 살펴보면 서로 유의어라는 것을 알 수 있다. 이 말들은 서로 바꿔 써도 큰 차이가 없기 때문에 종종 같은 말로 인식되기도 한다.

① **엥간허믄** 주먹질허덜 말구 말루 혀. 엔간하면 주먹질하지 말고 말로 해.

에지간허믄 주먹질허덜 말구 말루 혀. 어지간하면

웬만허믄 주먹질허덜 말구 말루 혀. 웬만하면

② 늬 승질 드런 거 **에지간헌** 사람은 다 알어. 네 성격 더러운 것은 어지간한 사람은 다 알어.

늬 승질 드런 거 **엥간헌** 사람은 다 알어. 엔간한

늬 승질 드런 거 **웬만헌** 사람은 다 알어. 웬만한

③ **웬만허믄** 늬가 참어. 웬만하면 네가 참아.

엥간허믄 늬가 참어. 엔간하면

에지간허믄 늬가 참어. 에지간하면

④ 그런 일을 참다니 늬 승질두 **에지간허구나.** 그런 일을 참다니 네 성격도 어지간하구나.

그런 일을 참다니 늬 승질두 **엥간허구나.**

그런 일을 참다니 늬 승질두 **웬만허구나.**(×)

⑤ **엥간혀선** 그 냥반 고집 뭇 꺾을 걸? 엔간해선 그 양반 고집 못 꺾을 걸?

에지간혀선 그 냥반 고집 뭇 꺾을 걸? 어지간해선 그 양반 고집 못 꺾을 걸?

웬만혀선 그 냥반 고집 뭇 꺾을 걸? 웬만해선 그 양반 고집 못 꺾을 걸?

'에지간허다於之間-'와 비슷한 말에는 '으중간허다於中間-'도 있다. '으중간허다'는 '좋은 것과 나쁜 것의 중간 정도'라는 뜻으로 '에지간허다'와 같다. 다만 위 예문처럼 '에지간허다'는 긍정과 부정의 내용에 두루 쓰이는데 반해, '으중간허다'는 부정의 내용에 주로 쓰인다.

- "**에지간허믄** 늬가 심을 써봐." 어지간하면 네가 힘을 써봐. - 긍정과 부정에 모두 사용
- "**으중간헌** 입장이라 지가 심쓰기 그류." 어중간한 입장이라 제가 힘을 쓰기가 어려워요. - 주로 부정적 내용에 사용

붸난 날 으붓애비 온다

　교육과 교통 통신 발달로 표준어가 보편화되어 듣기 힘들어졌지만 아마 나이가 지긋하신 분들은 알고 있을 게다.

　요새 붸나는 일들 참 많다. 장마는 6월 7월 길게도 이어졌다. 장마가 걷히고 날 좀 드나 했더니 덥다 못해 찜통이 됐다. 자영업 하시는 분들 가뜩이나 장사 안 된다. 생활용품 물가는 여름날 기온 올라가듯 치솟아 서민들 잡는다. 농축산물 가격 올라간다고 외국 농축산물 들이는 통에 농사짓는 분들 목욕탕 김 오르듯 머리 열 받는다.

　참 많이도 어려운 시절, 그래도 나는 잊혀져 가는 충청말 '부에'와 '붸나다'를 돌아보기로 한다.

　'부에'의 표준어는 '부아'다. '붸나다'는 '부에가 나다'의 준말이고, 표준어는 '부아가 나다'다. '부에'의 옛말은 '부화'다. '부화'는 '공기주머니'를 뜻하는 순우리말이다. 그것이 우리 몸속에 있는 공기주머니를 이르는 말이 되었다. 우

리 몸속의 공기주머니는 '허파'다. 한자말로 하면 '폐肺'가
된다.

　폐허파를 이르던 '부화'는 표준어에서 '부하'가 되었다가
'부아'로 변했다. 충청말에서는 아마도 '부화→부홰>부애/
부에'로 변해왔을 것이다. 여기에 '나다'가 붙으면 '부에가
나다'가 된다. 충청말의 주격조사는 자연스레 떨어지면서
서술어가 이어진다. 그러니까 '부에가 나다'는 '붸나다'로
줄어드는 것이다.

　'부에가 나는 것'은 '허파에서 바람이 나오는 것'이다.
'화가 나서 콧바람, 입 바람이 마구 뿜어져 나오는 것'이다.
그래서 '폐'를 뜻하던 '부에'는 '화가 치밀어 오르다'의 뜻
으로 흔히 쓰였다. 그것이 굳어지면서 '화가 나는 마음, 분
한 마음'을 뜻하는 관용어가 되었다. 아래 충청 사람들이
많이 쓰는 관용구를 몇몇 살펴보자.

- **붸나다**: 허파에서 바람이 나오다 → 화가 나다. 분한 마
  음이 들다. 표 부아가 나다. 부아가 치밀다.
- **붸내다**: 허파에서 바람을 내뿜다 → 화를 내다. 분해서
  골을 부리다. 표 부아를 내다.
- **붸를 돋우다**: 허파에서 바람을 내뿜도록 하다 → 화를
  돋우다. 성을 내도록 부추기다. 표 부아를 돋우다.
- **부에가 치밀다**: 허파에 바람이 가득 차오르다 → 분한
  마음이나 화가 치밀어 오르다. 표 부아가 치밀다.
- **붸난 날 으붓애비 온다**: 가뜩이나 화가 나 있는데, 미운

사람이 찾아와 더한층 화를 돋우다.

- **부에 나고 창새기가 꼬인다**: 분해서 화가 나고, 창자_{속마음}가 뒤틀리다.

세월은 시적부적 우리 곁을 떠나고

표준어엔 없는 '시적부적, 시적잖다'

봄이 무르익은 5월이다. 아카시아 향기 속에 푸른 바람이 인다. 뿌옇게 시야를 흐리던 황사도 미세먼지도 문득 스러졌다. 제법 여름처럼 뙤약볕이 따가운 한낮은 저녁 시간을 한참이나 뒤로 밀어 냈다.

봄이 되면 아이들은 나른해진다. 봄기운이 가득 몸에 내리면 아이들은 펄펄 뛰어다닌다. 낮이 길어지니 놀 시간이 많아진다. 그러다 보면 공부가 나른하다. 봄에 취해 한낮을 뛰던 아이들은 저녁 시간이 피곤하다. 책을 보지만 밤 시간은 싱숭생숭하다. 생각이 여러 갈래로 번지니 집중이 안 된다. 아침이 일찍 오고 잠자리는 깊지 못하다. 봄은 그렇게 아이들의 학습을 흩어놓는다.

나는 학원을 한다. 이때쯤이면 아이들은 학원을 끊는다. 6월로 가는 봄날은 놀기에 좋은 만큼 공부는 하기 싫다. 놀기도 좋고 일하기도 좋은 날들인데, 공부는 안 되는 계절이다. 책을 보기가 싫증나고 효과는 표 나지 않는다. 그렇게 이 봄도 시적부적 깊어가고 아이들은 무더운 여름을 버텨 갈 것이다.

　'시적부적'은 표준 국어사전에 등재되지 않은 충청말이다. 국립국어원의 우리말샘에는 '시나브로'와 '흐지부지'의 충청 방언으로 소개하고 있다. '시나브로'는 '알지 못하는 사이에 조금씩 조금씩'의 뜻을 지닌 말인데, 왠지 충청말 '시적부적'과는 조금 다른 느낌이다. 그리고 '흐지부지'는 '일을 흐리멍덩하게 마무리하는 모양'을 뜻하는 말이다. 서로 비슷하지만 '흐지부지'는 충청도에서 '시지부지'라 하니 완전히 같은 말은 아니다.

　다음 국어사전과 네이버 국어사전에는 '일의 마무리를 흐리멍덩하게 하는 모양'을 뜻하는 전라도 방언이라 소개하고 있다. 보통 충청도 사람들이 '시적부적'이라 쓸 때는 이 뜻풀이가 맞는다. 방언 조사가 정밀하지 못해 전라 방언으로 알려진 것이다.

"**시적부적** 공부헐라믄 걍 집어쳐." 흐리멍덩하게 공부를 하려면 일찌감치 그만 둬.

"**시적부적허덜** 않구 죽어라 애쓰믄 넘덜버덤 앞스넌 겨." 흐리멍덩하게 하지 않고 죽어라 노력하면 남들보다 앞서는 거야.

"**시적찮게** 헐라믄 애저녁이 집어쳐야." 하는 듯 마는 듯 흐리멍덩하게 하려면 일찌감치 집어치워.

5월이 간다. 여름은 더 공부하기 어려운 계절이다. 이럴 때 아이들을 지켜 주는 건 규칙적인 학습 습관이다. 생각과 몸이 흐트러지면 세월은 시적부적 우리 곁을 떠나가기 때문이다.

요 메칠은 꺼끔허네

'뜸하다'의 충청말?

토요일이면 엄니를 찾아간다. 홀로 시골집을 지키는 팔순의 엄니는 기력이 딸린다. 할 수 있는 일이 많지 않다. 그러니 토요일을 손꼽는다. 한 주일 내내 나를 기다리는 것이다.

엄니는 당진에서 태어나서 아산에서 초등학교를 다니고 열아홉에 예산으로 시집을 왔다. 평생 충청도에서 살았지만 딱히 충청도 말을 많이 쓰는 편은 아니다. 그렇지만 나는 엄니에게서 요새는 쓰지 않는 옛말을 종종 듣는다. 오늘도 그랬다.

"너 칙물 좋아허냐?" 너 칡즙 좋아하니?

"안유. 왜유?" 아니요. 왜요?

"이이, 옆집이 칙물 내리잖어. 겨우내 날이 좋으께 맨날 칙을 캐러댕겼넌디 요 메칠은 **꺼끔허네**." 응, 옆집 사람이 칡즙 내려 팔잖아. 겨우내 날이 따뜻하니까 칡뿌리를 캐러 다녔는데 요 며칠은 뜸

111

하네.

　이웃에 사는 중수 아버지는 부지런하다. 농사를 짓다가 일이 꺼끔할 때면 용달 트럭을 몰고 달린다. 그리고 겨울이면 칡뿌리를 캐러 다닌다. 압착기를 집안에 들여 놓고 칡즙을 내려 포장 판매를 한다. 올 겨울은 날이 따뜻해 더 열심히 괭이질을 한 모양이다. 엄니는 어려운 일이 있으면 중수 아버지를 찾는다. 종종 도움을 받으니 칡즙 한 상자라도 팔아 주고 싶은 것이다.

　나는 메모장을 꺼내 놓고 생각을 풀어간다. '꺼끔허다'는 '꺾다, 꺼끔'에서 나온 말이다. '왕성하게 이어지던 기세가 한풀 꺾인 것'을 이르는 '꺼끔'에 '허다'가 붙은 꼴이다. 국립국어원의 방언 자료와 네이버 국어사전엔 '뜸하다'의 충청 방언으로 기록하고 있다. 그러나 '뜸하다'는 '꺼끔하다'와 뜻이 비슷한 말이지 같은 말은 아니다.
　'뜸하다'는 '뜨다'에서 생긴 말이다. '뜨다'는 '시간이나 공간에 간격이 있는 것'을 뜻하는 말이고, 여기서 '뜸'이란 말이 나왔다. 밥이 잘 퍼지라고 잠시 기다리는 시간의 간격이 '뜸'이다. 그러니 '뜸하다'는 '자주 있던 일이 한동안 없다'는 말이 된다.
　따라서 '뜸하다'는 '꺼끔허다'와는 말의 기원이 다르고 의미에도 차이가 있다. 그런데 사전을 기록하는 학자들이 충청말 '꺼끔하다'를 표준어 '뜸하다'에 억지로 꿰맞춰 생긴 오류

다. 바늘허리에 실을 매 놓고는 뜻이 통하니 별 거 아니라
는 식이다.

스기헐 짐성이믄 호랭이나 개오지

충청말 '스:기. 스:기허다'

멫 해 즌이 산지사山祭祀를 지내던 날였어. 동네 산지사는
시월 열나흘날 밤이 지내닝께 보통은 보름달이 환히야
허잖어. 근디 그 날은 즈녁참버텀 부슬비가 내렸어. 솜방
맹이 횃불 멫 개 준비헌 것두 비가 들구 오닝께 오래 견
디질 뭇헐 것 같더라구. 그래서 비 안 맞게 솜방맹이를
산지당山祭堂 추녀 끗이다가 걸어 놓구 산지를 지냈지.

몇 년 전 산제를 지내는 날이었어. 동네 산제는 10월 14일 밤에 지내니까
보통은 보름달이 떠 환해야 하잖아. 그런데 그날은 저녁때부터 부슬비가
내렸어. 횃불 몇 개 준비한 것도 비가 자꾸 오니까 오래 견디지 못할 것 같
더라고. 그래서 비를 안 맞도록 횃불을 제당 처마 끝에 걸어놓고 산제를
지냈지.

그러구 서둘러서 지구祭具을 챙겨 산지당이서 싯이 내려
오넌 질이였어. 솜방맹이를 들구 좁은 산질을 내가 질 앞
이 스구 지서방허구 저 칭구가 뒤따러 왔지. 근디 비가

기속 오닝께 솜방맹이가 비슥비슥 꺼져번지더라구. 그러고는 서둘러서 제구를 챙겨 산제당에서 내려오는 길이었어. 횃불을 들고 내가 맨 앞에 서고, 지서방하고 저 친구가 뒤따라 왔지. 그런데 비가 계속 오니까 횃불이 비실비실 꺼져버리더라고.

깡깜헌 산질을 앞만 보구 더듬어 내려오넌디 갑자기 뒤서 지서방이 '어이쿠, 저게 뭐여?' 허매 숨 넘어가는 소릴 허넝 겨. 나두 깜짝 놀래서 작은산지장날 짝을 쳐다보닝께 아 글쎄, 스무 발짝쯤 떨어진 디에 솔방울만헌 퍼런 불딩이 두 개가 우덜을 쳐다보고 있능 겨. 캄캄한 산길을 앞만 보고 더듬어 내려오는데, 갑자기 뒤에서 지서방이 '아이쿠, 저게 뭐야?' 하면서 숨넘어가는 소릴 하는 거야. 나도 깜짝 놀래서 산제당으로 이어진 산등성이 가운데 작은 산등성이 쪽을 쳐다 보니까 아 글쎄, 스무 발짝쯤 떨어진 곳에 솔망울만 한 퍼런 불덩이가 우리를 쳐다보고 있는 거야.)

산 속이서 그만헌 스기를 헐 짐성이믄 호랭이나 개오지개호주, 표준어에서는 범의 새끼, 충청말에서는 한국표범 말구는 읎잖어. 숨이 턱 맥히매 뒤통배기가 쩌릿허구 등어리가 싸아 허드라구. 도망을 쳐야겄넌디 앞이 깡깜헌 게 뵈지를 않잖어. 그리서 당황허지 말구 태연허게 내려가자구 눈짓을 허구 발질을 욍기넌디 아랫두리가 후들후들 떨리더라구. 몇 발짝 떼구 슬메시 돌어보닝께 그 눔이 움직이덜 않구 기속 우덜을 노려보구 있능 겨. 질인지 산인지 물르구 증신읎이 내려오넌디, 저 아래짝이 동네불빛이 보이닝께 인전 살었구나 싶더라구. 산 속에서 그만한 서기(동물의 눈에서 뻗쳐 나오는 푸른 인광)를 할 짐승이면 호랑이나 표범 말고는 없잖아. 숨이 턱 막히며 뒤통수가 짜릿하고 등이 싸늘해지더라고. 도망을 쳐야겠는데 앞이 캄캄해 보이지를 않잖아. 그래서 당황하지 말고 태연하게 내려가자고 눈짓을 하고 발길을 옮기는데 아랫도리가 후들후들 떨리더라고. 몇 발짝 떼고 슬며시 돌아보니까 그 놈이 움직이지 않고 우리를 노려보고 있는 거야. 길인지 산인지 모르고 정신없이 내려오는데, 저 아래쪽에 동네 불빛이 보이니까 인전 살았구나 싶더라고.

40년도 더 지난 것 같은 내 어릴 적 동네 어른한테서 들은 얘기를 옮겨 봤다. '스기'는 표준어 방식으로 쓰면 '서기'가 된다. '어둠 속 동물의 눈에서 인광燐光처럼 뿜어져 나오는 푸른 빛깔의 기운'을 뜻하는 말이다. 아주 캄캄한 밤에 야성을 가진 동물을 가까이서 바라보라. 그러면 두 눈이 동그란 구슬처럼 허공에 떠올라 푸르게 빛날 것이다. 소도 서기를 하고, 개도 서기를 하고, 고양이도 서기를 한다. 초식 동물인 소보다 육식 동물인 개와 고양이의 눈에서는 더 진한 푸른빛이 뿜어져 나온다. 특히 짐승이 상대에 적대감을 가지거나 공격적 성향을 가지면 더 강하게 빛을 발출한다. 이렇게 동물이 눈에서 푸른 기운을 뿜어 내는 것을 충청도에서는 '스기한다'라고 한다.

이 말은 표준어에는 없다. 충청도가 아닌 다른 지방에서는 쓰지 않는다고 한다. 무엇인가를 명확하게 표현하는 말이 있다는 것은 국어를 풍성하게 하는 요소다. 언어학자들이 충청말을 좀 더 살피거나, 우리가 이 말을 잊지 않고 쓴다면 '스기서기'와 '스기하다서기하다'는 표준말의 지위를 얻어 국어사전에 오를 수 있다.

멧 간디만 둘러보구 가께

'군데'의 충청말

엄니는 '간디'란 말을 쓰지 않았다. 늘 '군디'라 썼다. 그래서 나는 '군디'란 말을 배우고 그렇게 쓰며 컸다. 그런데 이웃 아주머니들은 '간디'라고 썼다. 우리 엄니가

"멧 **군디**만 더 둘러보구 집이루 가께."

하면 이웃아주머니는

"그려, 그깨짓 멧 **간디** 후딱 둘러보구 와."

라고 했다.

돌아보면 내 어릴 적인 1960년대와 70년대의 충청도엔 '간디'와 '군디'가 섞여 쓰였다. 해방 이전에 태어난 분들은 주로 '간디'를 썼다. 배운 분들은 '군디'를 썼다. 자라나는 아이들은 학교에 다녔다. 학교에서는 표준어 '군데'만 가르쳤다. 그러니 아이들은 '군데'와 차이가 큰 '간디'를 버리고 '군디'와 '군데'를 썼다. 세상이 변할수록 충청말들은 빠르게 자취를 감춰갔다. 어르신들은 어려서 쓰던 말들을 슬그

118

머니 내려 놓고, 아이들은 충청말을 배우지 못한 채 표준어를 썼다.

'간디'는 옛말 '가반데^{ᄀᄫᆞᆫᄃᆡ}'에서 생긴 말이다. '가반데'는 '중앙'을 뜻하는 말로, 서울 지방에서는 '가운데'가 되었고 충청도와 전라도에서는 '가운디, 간디'가 되었다. 쉽게 얘기하면 '가운데, 가운디'가 줄어든 말이 '간디'다.

그런데 충청말 '간디'는 표준어 '가운데'와 달리 '어떤 범위 안에 있는 장소'를 이를 때 흔히 쓴다. 표준어는 '군데'다.

"내가 이렇기 늙었어두 외국일 시 **간디**나 댕여왔어." 내가 이렇게 늙었지만 외국엘 세 군데나 다녀왔어.

"이눔아 장갤 갈라믄 그렇기 여러 여자 집적거리덜 말구 한 **간디**라두 지대루 쫓어댕겨." 이놈아 장가를 가려면 그렇게 여러 여자 집적거리지 말고 한 군데라도 제대로 쫓아가 잡아.

어느 어르신의 말씀이다. 여기서 '간디'는 '가운데'가 아니라 표준어 '군데'에 대응하는 말이다.

말은 소통이다. 지역이 가까울수록 소통이 많고 말도 닮아간다. 충청도는 서울이 가깝고 한강 이남의 경기도가 더 가깝다. 교통과 통신이 발달하면서 충청말은 서울과 경기말을 닮아 가고, 전라도말은 충청말을 닮아간다. 이에 따라 충청말 '간디'는 경기말 '군디'로 바뀌었다가 지금은 서울말 '군데'가 된 것이다.

지금 '간디'를 국어사전이나 컴퓨터에서 찾으면 '전라도 방언'이라 기록되어 있다. 이는 전라도가 서울에서 멀기 때문에 말의 변화도 더딘 탓이다. 나는 요즘 전라도 분들의 말을 들으며 어릴 적 충청말을 떠올린다. 전라도 어른들이 쓰는 지금 말이 예전의 충청말과 참 많이 닮아있기 때문이다.

저 묻은 개가 똥 묻은 개 숭본다

"쇠죽을 쑤야넌디 **저**가 떨어졌네." 소죽을 쒀야 하는데 겨가 떨어졌네.

"**저** 묻은 개가 똥 묻은 개 숭본다더니 늬가 딱 그짝이여." 겨 묻은 개가 똥 묻은 개 흉본다더니 네가 딱 그것과 맞아.

표준어 '겨'를 충남에서는 '저'라 한다. '저'는 곡식 알갱이에 붙은 껍질을 벗겨 낸 것이다. 이는 농경의 부산물이다. 쌀에서 벗겨져 나온 '쌀겨'는 '쌀저'가 되고, 보리껍질은 '보릿겨'가 된다. 수숫겨와 조겨는 '쑤숫저, 스슥저'가 된다. 이 가운데 겨가 나오는 곡물은 주로 벼와 보리였다. 벼와 보리는 우리 농촌의 주요 곡물이었기 때문이다.

'보릿저'는 쓸모가 적었다. 집에서 방아를 찧든 방앗간에서 방아를 찧든 나오는 '저'가 많지 않았다. 이때 나온 '보릿저'는 돼지나 소 먹이로 주었다. '보릿저'에 비해 벼에서

121

나오는 '저'는 쓸모가 많았다.

벼에서 나오는 '저'는 두 갈래였다. 상업적으로 운영되는 방앗간이 생겨나기 이전에는 집에서 방아를 찧었다. 돌확에 벼를 넣고 돌메겡이돌메로 쳐 벼의 겉껍질을 벗겨 냈다. 그 겉껍질을 '등겨'나 '왱겨왕겨'라 했다. '왱겨'를 벗겨 내면 쌀이 되는데 이를 '현미玄米'라 한다. 1960년대 이후엔 큰마을에 방앗간에 생겨났다. 방앗간에서는 벼의 겉껍질을 벗겨 내고 나온 쌀의 겉 부분을 깎아 냈다. 이 과정을 '도정'이라 하고, 이 도정을 거쳐 나온 쌀을 '백미白米'라 한다. 그리고 도정 과정에서 가루가 되어 나오는 벼의 속껍질을 보통 '저'라고 했다. 겉껍질인 '왱겨'와 구분이 필요할 때는 '속저'라 했다.

위의 첫 예문에 나오는 '저'는 벼의 '속저'다. '속저'는 귀하게 취급되었다. 주로 돼지나 소의 먹이로 썼다. 충청의 농가에 겨울이 오면 농부들은 생풀 대신 작두로 짚을 썰어 여물을 만들고 쇠죽을 쑤었다. 벼의 마른 줄기인 짚은 영양분이 적었다. 그래서 쇠죽을 쑬 때에는 '저'를 한 바가지씩 퍼 넣었다. 소의 임신과 출산기에는 더 많은 '저'를 쇠죽에 넣었다. 어미 소가 건강해야 젖이 잘 나오고 송아지가 잘 자라기 때문이다. 이는 돼지도 마찬가지였다. 따라서 농가에 '저'가 떨어지는 것은 큰 문제였다. 쇠죽을 쑬 때 '저'가 없으면 이웃에 거서 빌려와야 한다. 위 예문에는 쇠죽을 쑤어야 하는데 '저'가 떨어졌으니 당장 큰일인 상황이 나타나 있다.

두 번째 예문은 속담을 빌어 상대를 힐난하는 내용이다. 남의 잘못 탓하지 말고 너나 잘 하라는 충고다. 이런 풍유나 비유의 화법은 충청말에 크게 발달되어 있다. 이는 직설적 화법보다 상대를 덜 자극하고 상대를 되돌아보게 하는 데 유리하다. 이는 고급스럽고 점잖은 표현법이다. 다른 지역 사람들이 충청도를 양반의 고장이라 일컫는 것도 이 때문이다. 반대로 이런 식의 우회적 표현은 내용이 겉으로 확 드러나지 않기 때문에 다른 지역 사람들에게 답답함을 주기도 한다.

제3부

오서 놀다가
인저 온댜

그렇기 성성 쓸믄 안녀

충청말 '성성'과 '송송'

- "죽 끓일 호박잉께 그렇기 **성성** 쓸믄 안 뎌." 호박죽을 만들 호박이니까 그렇게 숭숭 썰면 안 돼.
- "그렇기 **송송** 쓸믄 워니 철련이 끝낸댜? 깍디기 헐 무수닝께 후딱후딱 성성 쓸구 말어." 그렇게 송송 잘게 썰면 어느 천 년에 끝내니? 깍두기 할 무니까 빨리빨리 숭숭 크게 썰고 말아.

    무나 배추 따위의 채소를 칼로 썰 때 쓰는 표준어에 '숭숭'과 '송송'이 있다. '숭숭'은 듬성듬성 크게 써는 것이고, '송송'은 잘고 세밀하게 써는 것이다. 이 두 말은 충청도에서도 흔히 쓰이는 말로 큰 차이는 없다. 그런데 나이 많으신 어르신들은 '숭숭 썬다'라는 말보다 '성성 썬다'란 말을 많이 쓴다. 그러니까 충청말에는 '숭숭' 외에 '성성'이란 말이 더 있는 것이다.

    우리말의 모음은 양성모음 ㅏ, ㅗ과 음성 모음 ㅓ, ㅜ으로 나누어진다. 이를 통해 우리는 사물의 작고 큼이나 밝고 어두움 따위를 구분해 쓴다. 이때 표준어보다 충청말이 세분화되어 있다는 것은 주변의 상황이나 분위기를 더 잘 표현할 수 있음을 뜻한다. 따라서 '성성'은 표준말이 아니니 버려야 할 것이 아니라, 국어를 더 살지도록 살려내야 할 말이다.

지금은 표준어의 영향으로 '성성'이 사라지고 있다. 그러나 돌아보면 충청 어르신들의 추억 속에는 '숭숭'보다 '성성'이 더 생생하다. '성성'은 '숭숭'의 충청 사투리이기 이전에 표현의 다양성을 이루는 특별한 말이다. 그러니 충청의 어르신들은 굳이 '숭숭'을 좇아 쓸 필요는 없겠다. 예전처럼 '성성'을 쓰시면 좋겠다. 그리고 우리들은 배추나 무를 '성성' 썰었으면 좋겠다. '숭숭' 써는 것보다는 또 다른 맛을 느꼈으면 좋겠다.

늘 그렇구 그런개 벼

'-넌개 벼'와 '-넌개 비다'

① • "그리기, 으르신은 잘 기시던감?" 그러게, 어르신은 잘 계시던가?

• "뭐, 그런 대루 잘 **기시넌개 뷰.**" 뭐, 그런 대로 잘 계시는가 봐요.

• "으르신 근강은 오떻대유?" 어르신 건강은 어떻다고 하던가요?

• "늘 그렇구 **그런개 벼.**" 늘 그렇고 그런가 봐.

② • "이번 셤이서 지만 붙었구먼유." 이번 시험에서 저만 붙었구먼요.

• "이, 암체두 늬가 걔버덤 실력이 **낫던개 비다.**" 응, 아무래도 네가 걔보다 실력이 나았던가 보다.

• "배고픈디, 걔덜은 오티기된 규?" 배고픈데, 걔들은 어떻게 된 거예요?

128

• "걔덜이 점 **늦넌개 비다.** 우덜 먼첨 먹자." 걔들이 좀 늦는가 보다. 우리들 먼저 먹자.

'-개 벼, -개 비다'는 요즘도 나이 드신 충청도 어르신들이 흔히 쓰지만, 친근한 어른들 사이가 아니면 듣기 어려운 말이 되었다. 그렇지만 예전에는 일상으로 쓰고 듣던 말이었다.

'-넌개'는 스스로에게 묻는 물음이나 추측을 나타내는 어미 '-는가'의 충청말이다. 표준어 '으'는 충청 지방에서 흔히 '어'라고 쓴다. 그래서 '-넌'은 표준어 '-는'에 대응하는 말이다. 그리고 '-개'는 표준어 '-가'를 말하기 쉽도록 변형하여 쓴 충청말이다.

'-비다'는 추측을 나타내는 형용사 '보다'의 충청말이다. 충청말은 표준어에 비해 발음하기 쉽게 바뀐다. 이런 것을 ㅣ모음동화라고도 하고 고모음화라 하기도 한다. '복남이'는 '복냄이'가 되고, '퉁기다'는 '튕기다>팅기다'가 되는 식이다. 아무튼 충청말 '비다'도 '보다'가 그렇게 변한 것이다.

위 ①과 ②에 밑줄 친 말을 표준어로 정리하면 '-넌개 뷰'는 '-는가 봐요', '-런개 벼'는 '-런가 봐', '-던개 비다'는 '-던가 보다', '-넌개 비다'는 '-는가 보다'가 된다.

일이 인저 끝났유
'이제, 인제'의 충청말

표준어 '이제'와 '인제'는 '바로 이때, 지금 막'의 뜻을 지닌 말이다. 충청도 사람들은 '이저, 인저'라고 한다.

충청말은 양성모음과 음성모음이 쉽게 교체된다. 상황이나 분위기에 따라 다채롭게 변형된다. 그래서 표준어 '이제, 인제'가 충청도에 오면 '이저, 이자, 인저, 인자' 따위로 다양하게 표현된다. 이 가운데 표준어와 차이가 큰 '이자, 인자'는 쉽게 사라졌고, 표준어와 닮은 '이저, 인저'만 남게 되었다. 물론 이 말도 표준어에 동화되면서 점차 줄어들고 있다.

아래의 몇 개 문장을 소리내 읽어 보면서 사라져가는 충청말을 되새겨 보자.

- "배차씨를 **인저서** 뿌려서니 짐장은 워니 천년[철련]이 헐라능가?" 배추씨를 이제야 뿌려서 김장은 어느 세월에 하려는가?

- "뱃가죽[백까죽]이 등이 붙은 제가 온젠디 **인저서니** 참을 내온댜?" 배가 등에 붙은 지가 언제인데 이제야 새참을 가져온대?
- "**이자버턴** 스사루 나서질 겨." 이제부턴 점차 자연스럽게 나아질 거야.
- "**이저버텀은** 너 혼처 일어스야 혀." 이제부터는 너 혼자 일어서야 해.

- "올마 즌꺼정은 문뱊 출입을 힜넌디 **이전** 일어스두 뭇헌댜." 얼마 전까지는 문밖을 돌아다니고 그랬는데 이젠 일어서지도 못한대.
- "그려? 그럼 **인전** 슬슬 향 필 준비 히야쓰겠네." 그래? 그럼 이제는 슬슬 장례치를 준비를 해야 하겠네.

- "**인자는** 갈근이두 다 끝났구 즑진장만 허문 한가헐 것이여." 이제는 추수도 끝나고 겨울 김장만 하면 한가할 거야.
- "일이 **인저** 끝났유." 일이 이제서야 끝났어요.
- "**인전** 혼사구 뭐구 다 글러뻔진 겨." 이제는 결혼이고 뭐고 다 어그러진 거야.

여자는 가꿀수루기 이뻐진다구
'<u>ㄹ</u>수록'의 충청말

'−ㄹ수룩'과 '−ㄹ수루기'는 표준어 '−ㄹ수록'의 충청말이다. '밥을 먹을수록, 일을 할수록'을 충청말로 하면 '밥을 먹을수룩/밥을 먹을수루기, 일을 헐수룩/일을 헐수루기'가 된다.

'−ㄹ수록'은 모음으로 끝나는 어간에 붙어, 어떤 일의 정도가 점점 더해짐을 나타내는 연결 어미다. 조선 시대 초기에는

"사괴ᄂᆞᆫ ᄠᅳ든 **늘글ᄉᆞ록** ᄯᅩ 친ᄒᆞ도다." 사귀는 뜻은 늙을수록
또한 더 친해진다. -두시언해/1481년

에서 보이는 것처럼 '−ㄹᄉᆞ록'이었다. 이 말이 표준말에서는 '−ㄹ수록'이 되었고, 충청말에서는 '−ㄹ수룩'이 된 것이다.

그런데 충청도에서는 '−ㄹ수루기'란 말이 더 많이 쓰였다. 말의 형태를 살펴보면 이 말은 '−ㄹ수룩'에 '이'가 붙은

132

것이다. 이 '이'는 정도나 방향을 나타내는 조사일 것이다. 이것은 표준어 '에'가 변한 것이다. 그러니깐 '-ㄹ수루기'를 억지로 표준어로 적는다면 '-ㄹ수록에'가 된다.

이 말은 나이가 많으신 어르신들한테서 종종 들을 수 있다. 4~50대의 충청 사람들은 가끔 쓰고 있거나 쓰지는 않더라도 대개 기억한다. 한두 문장의 보기를 들어 본다. 돌아보면서 잊혀져가는 우리말을 되살려 보자.

① -ㄹ수룩

- 저 늠은 오티기 된 게 나이가 **들수룩** 허풍만 느너면."
저 녀석은 어떻게 된 게 나이가 들수록 허풍만 느는군.

- 사람은 심든 **때일수룩** 서루 의지허구 살으야 허넌 겨.
사람은 힘든 때일수록 서루 의지하고 살아야 하는 거야.

② -ㄹ수루기

- "화초랑 여자는 **가꿀수루기** 이뻐진다구 허잖던감? 그러닝께 너두 **나이들수루기** 얼굴 점 가꿔 봐." 화초와 여자는 가꿀수록 예뻐진다고 하지 않더냐? 그러니까 너도 나이들수록 얼굴 좀 가꿔 봐.

너버덤이야 내가 낫지

'보다, 부터'의 충청말

'버덤'이나 '버텀'을 요즘도 쓰는 분들이 있을까? 전혀 없을 것 같은데 연세가 많으신 어르신들의 말에 귀 기울이다 보면 지금도 심심치 않게 들린다.

이 말은 예전에 많이 쓰였다. 예전이란 의무교육이 시작되기 전인 1968년 이전을 뜻하는 말이다. 그땐 학교를 다니지 않은 분들이 많았다. 당연히 표준어보다는 충청말을 주로 썼다. 그때는 '버덤'이나 '버텀'을 쓰는 분들이 대부분이었다.

- "밥**버덤** 좋은 건 읎녕 겨. → 밥**버**더 좋은 건 읎능 겨."
- "암체두 너**버덤이야** 내가 낫지. → 암체두 너**버더야** 내가 낫지."

'버덤'은 '보다'의 충청말이다. 차이가 있는 두 것을 비교

134

할 때 쓰는 말이다. 충청도에서는 '버덤'과 '버더'가 함께 쓰였다. 위 문장을 보면 '버덤'과 '버더'가 같은 말임을 알 수 있다. 충남의 남쪽으로 갈수록 '버덤'이 많이 쓰였다. 표준어화가 진행되면서 '버덤'이 먼저 사라져 갔다. 비슷한 두 방언이 있을 때, 표준어를 닮은 말이 오래 남고 차이가 큰 말은 먼저 사라진다. 그래서 '버더'가 오래 남았다. 물론 표준어화가 온 나라를 휩쓴 지금은 '버더'도 점차 사라져 가고, 그 자리에 표준어 '보다'가 쓰이고 있다.

'버텀, 버터'는 '시작이나 출발점을 나타내는 말'이다. 표준어는 '부터'다. '버텀'도 '버덤'처럼 충남 남부에서 많이 쓰였다. '버텀'은 지금 거의 사라졌다. 표준어 '부터'와 비슷한 '버터'만 남아 겨우 목숨을 이어가고 있다. 그러나 주변을 잠시 돌아보면 어르신들의 말 속에서 우리는 종종 이말을 발견하게 된다.

- "너**버텀** 히보라닝께." 너부터 해보라니까.
- "비가 원제**버텀** 쏟어진 겨?" 비가 언제부터 쏟아진 거야?
- "온제**버터** 여 와 있었던 겨?" 언제부터 여기 와 있던 거야?
- "느이가 여 있넌 거**버터** 이상헌 겨." 너희들이 여기 있는 것부터 이상한 거야.

느이 해는 잘 크넌디 우리 야는 왜

'것'의 충청말

어떤 물건이나 일, 현상 따위를 나타낼 때는 흔히 '것'이라는 말을 쓴다. '네 **것**은 별 것 아니구나. 그것은 내 **것**만 못하구나.' 라든지 '그 애가 뛰는 **것**을 보고 깜짝 놀랐어.'처럼 쓰인다. 이 '것'을 나타내는 충청말에 '야, 해, 차'라는 말이 있다. 이 가운데 '해'와 '야'를 살펴보기로 한다.

① 느이 **해**는 잘 크넌디 우리 **해**는 왜 이렇댜?

→느이 **야**는 잘 크넌디 우리 **야**는 왜 이렇댜?(○)

② 입짝 **것**은 모냥이 좋은디 접짝 **것**은 왜 저 모냥이랴?

→입짝 **야**는 모냥이 좋은디 접짝 **해**는 왜 저 모냥이랴?(×)

③ 저 집 **것**만 팔어주덜 말구 우리 **야**두 점 팔어줘. 저 집 것만 팔아주지 말고 우리 것도 좀 팔아줘.

④ 우리 **야**는 이응 션찮언디 자네집 모는 잘 자렀구먼. 우

136

리 것은 영 시원찮은데 자네네 모는 잘 자랐구먼.

①은 '너의 것은 잘 자라는데 우리 것은 왜 이러냐?'를 이르는 문장이다. 여기서 '해'와 '야'는 바꿔 쓸 수 있다. 이것은 '해'와 '야'가 그 의미나 용법이 같음을 드러내는 것이다.

반대로 ②는 '이쪽 것은 모양이 보기 좋은데 저쪽 것은 왜 저 모양이냐?'를 이르는 문장이다. 이 문장에서는 '것'을 '야/해'로 바꿔 쓸 수가 없다. 이것은 '것'과 '야/해'가 뜻은 비슷하지만 쓰임이 다른 말임을 나타내는 것이다.

그런데 위 ①, ② 문장에 쓰인 '해'와 '야'는 모두 '것'으로 바꿀 수가 있다. 이는 '것'이 여러 곳에 두루 쓰일 수 있는 말임을 나타낸다. 반대로 '야/해'는 특수한 환경에 쓰이는 말임을 알 수 있다.

충청도에서는 '것, 야, 해'를 모두 쓴다. 이에 비해 경기, 서울 지방에서는 '것'과 '해'만 썼다. 그래서 '것'과 '해'는 표준어가 되었고, 충청도의 '야'는 사투리가 되었다.

'야'는 사람을 가리키는 대명사 뒤에서, 뒤에 오는 것이 그 사람의 소유임을 이르는 말이다. '야'는 충청도와 전라도 지방에서 많이 쓰던 말이다. 요즘은 거의 들어 보기 힘든 말이 되었는데, 시골 어르신들 가운데에는 지금도 쓰는 분들이 더러 있다.

미련허게 소마냥 일만 허믄

'처럼'의 충청말 '차람, 마냥'

'나도 젊었을 때엔 너**처럼** 예뻤지.'라는 문장에 쓰인 '처럼'은 서로 비슷하거나 같음을 나타내는 조사다. 이 말은 옛말 '텨로'에서 나온 것이다. 서울 지방에서는 '처럼'이 되고, 충청도에서는 '차람'이 되었다. 앞의 문장을 충청말로 바꾸면 '나두 젊었을 적인 너**차람** 이뻤지.' 정도가 된다. 이 '차람'은 서울말 '처럼'과 형태상 큰 차이가 없어서 1970년대 이후 표준어 교육이 일반화되면서 빠르게 '처럼'으로 바뀌었다.

그런데 조금 더 살펴보면 1970년대 이전의 충청도에서는 '차람'보다 '마냥'이 더 흔히 쓰였다.

"나두 젊었을 적인 너**마냥** 이뻤어.'

라는 표현이 더 많이 쓰인 것이다. 그리고 이 '마냥'은 '처럼'과는 전혀 다른 형태의 말이기 때문에 표준어에 동화되지 않고 지금도 많이 쓰이고 있다.

'마냥'은 지금 표준어가 아닌 지역 방언으로 분류되어 국어사전에 올라있지 않다. 사실 이 '마냥'은 전라 지방과 충청도에서 주로 쓰이고 경상도에서도 쓰는 말이다. 이처럼 넓은 지역에서 두루 쓰인 말이어서 1980년대 이전의 국어사전에는 '처럼과 같은 말'이라는 설명과 함께 국어사전에 올라가 있었다. 그런데 서울 지방에서는 쓰지 않는 말이고, 표준어 교육으로 점차 쓰임이 줄어든 것을 근거로 지금은 '마냥'을 전라도 방언쯤으로 취급하면서 표준어에서 빼 버렸다.

돌아보면 요즘 충청, 전라의 젊은이들 가운데에는 이 '마냥'을 알고 쓰는 이가 꽤 많다. 하여 이를 국어사전에서 뺀 것은 납득하기 어려운 측면이 있다. 아래 문장을 보면서 우리말을 소중하게 기억해 보자.

- "미련허게 소**마냥** 일만 허믄 누가 좋대남?" 미련하게 소처럼 일만 하면 누가 좋아한대?
- "그리두 너**차람** 뺀질대맨서 노넌 늠버덤은 내가 백번 낫어." 그래도 너처럼 빈둥거리며 노는 놈보다는 내가 훨씬 나아.
- "저 시국지가 지름챙이**차람** 빠져댕기맨서니 말썽을 시피너먼." 저 쥐새끼 같은 놈이 기름종개처럼 빠져 다니면서 말썽을 부리는군.
- "지우 그런 눔헌티 파리**마냥** 손바당을 비빈 겨?" 겨우 그런 놈한테 파리처럼 손바닥을 비비며 사정한 거야?

동상덜 오믄 한치 먹어라
'함께'의 충청말 '한치, 한티'

'한치, 한티', 이 말은 '한가지로 더불어, 여럿이 하나로 어우러짐'을 나타내는 충청말이다. 이 말의 표준어는 '함께'다. 예전 충청도에서는 '함께'란 서울말은 쓰지 않았다. 그래서 옛말을 기억하시는 어르신들은 표준어 '함께'보다는 충청말 '한치, 한티'가 더 살갑다.

- "지왕 허넌 일인디 암체두 **한치** 허넌 게 낫덜 않었어?"
  기왕에 하는 일이니 아무래도 함께 하는 게 낫지 않겠니?
- "혼처 먹지 말구 동상덜 오믄 **한치** 먹어라." 혼자 먹지 말고 동생들이 오면 함께 먹어.

- "식구덜이 다 뫼서 **한티** 여행을 떠났댜." 가족들이 다 모여서 함께 여행을 떠났대.
- "그건 **한티** 헌다구 달버질 게 읎넌 일여." 그건 여럿이 함께

140

한다고 달라질 게 없는 일이야.

　표준어에 '함께 간다'가 있다면 충청도에서는 '같이 간다'
나 '하냥 간다', '한치 간다'를 많이 썼다. 그래서 많은 분들
이 '한티'를 잊었다. 그런데 몇 십 년 전의 말을 돌아보면 충
청도에서는 '한티 간다'란 말도 종종 썼다. '한치'와 '한티'는
비슷하지만 지역에 따라 쓰이는 정도가 조금 달랐다.
　'한치'는 '한티'가 말하기 쉽게 변한 말이다. 국어 문법에
서는 이를 구개음화라 한다. 구개음화는 충청도와 전라도
말에 흔히 보인다. '가깝다'보다는 '가찹다'가 말하기 쉽고,
'갸웃거리다'보다는 '짜웃거리다'가 말하기 쉽다. '곗돈'보
다는 '짓돈'이 쉽고, '경치다'보다는 '정치다'가 쉽다.
　발음의 편리를 구현하는 '구개음화'는 충청도에서 남쪽
지방으로 내려갈수록 강해지고, 경기도와 서울 지방으로
올라갈수록 약해진다. 이런 방언의 특징을 '한치'와 '한티'
에 적용해 보면, 구개음화가 이루어진 '한치'는 순전한 충
청말이 되고 '한티'는 경기말에 가까운 것이 된다. 실제로
같은 충청도라도 차령산맥 남쪽으로 내려가면 '한티'는 거
의 쓰이지 않는다. 반대로 온양이나 천안 쪽으로 올라가면
'한티'가 많이 쓰인다.
　차령 이북 지역도 서해안 쪽인 서산이나 당진으로 가면
주로 '한치'를 쓴다. 반대로 아산이나 천안 쪽으로 갈수록
'한티'를 자연스럽게 쓴다. 이렇게 보면 '한치'는 충청 방언,
'한티'는 충남 북부와 경기 남부 방언이라 할 수 있겠다.

새악시가 그렇기두 좋은감

친밀한 분위기를 더하는 말, '-는감'

물음으로 문장을 끝내는 어미 가운데 '-는가'가 있다. '-는가'는 동년배나 아랫사람에게 어떤 내용을 물을 때 쓰는 점잖은 반말이다.

'집엔 잘 **갔는가?**'

'밥은 **먹었는가?**'

처럼 쓰인다. '집에는 잘 갔느냐? 밥은 먹었느냐?'와 같은 막 반말이 아니다. 듣기 좋게 전하는 '하게체', 아랫사람에게 격식을 갖춰 하는 반말이다.

그런데 충청도에서는 '-는가' 못지않게 '-는감'이 흔히 쓰인다. 쉽게 생각하면 '-는감'은 표준어 '-는가'의 사투리가 된다. 그런데 가만히 들여다보면 '-는가'와 '-는감'은 미묘한 차이가 있다. 그것은 의미의 차이보다는 말투가 지니는 분위기의 차이다.

'–는가'는 물음을 던질 때 쓰는 일반적인 종결 어미다. 이에 비해 '–는감'은 친근함이나 은근함을 더해 물을 때 쓴다.

'잘 지내**는가**?'

가 누구에게나 쓸 수 있는 말로 딱딱한 데 비해

'잘 지내**남**?'

은 친밀감을 드러내는 말투다. 이는 '어감의 차이'로 표준어와 달리 충청말은 어미 뒤에 'ㅁ'을 붙여 분위기를 부드럽게 만든다.

'요즘은 잘 지내남? 몸은 다 낫었남?'처럼 종결 어미 '–나' 뒤에도 쉽게 붙여 쓸 수 있고, 표준어로 표현하지 못하는 친교의 기능을 더한다. 아래 예문을 살펴 충청말의 특별한 맛을 느껴보자.

- '색시가 그렇게도 좋**으냐**?' 표준어, 해라체
- '색시가 그렇게도 좋**은가**?' 표준어, 하게체

- '새약시가 그렇기두 좋**냐**?' 충청말, 해라체
- '새약시가 그렇기두 좋**은가**?' 충청말, 하게체
- '새약시가 그렇기두 좋**은감**?' 충청말, 하게체+은근

차진디기가 머래유

'그런 성질을 지닌 사람'을 뜻하는 '-디기'

- "걔는 한 번 늘어붙으믄 끝장을 보넌 **차진디기여.**" 걔는 한 번 달라붙으면 끝장을 보는 끈적한 진드기야.
- "**차진디기? 차진디기**가 머래유?" 차진디기? 차진디기가 뭐래요?
- "**차진디기**가 머긴 머여. 찐디기차람 차진 놈이지." 차진디기가 뭐긴 뭐야. 진드기처럼 차진 놈이지.

며칠 전 만난 어르신이 '차진디기'란 말을 썼다. 참 오랜만에 들어보는 말이다. 반갑다. 뭔 사투리가 또 튀어나올까? 모르는 척 뜻을 물으니 '찐디기'가 또 나온다.

'-디기'는 '-데기'의 충청말이다. 예전에 많이 썼는데 요즘은 흔히 들을 수 있는 말이 아니다. '-데기'는 '어떤 성질을 지닌 사람'을 뜻하는 접미사다. 어떤 말에 '-데기'를 붙여 쓰면 '그런 성질을 지닌 사람'이 되는 것이다. 예를 들어

144

'부엌'에 '-데기'가 붙으면 '부엌데기'가 된다. 이는 '부엌에서 허드렛일을 하는 사람'이다. '소박데기'는 '서방에게 소박맞고 쫓겨난 여자'가 된다. '새침데기'는 새침한 여자가 되고, 모자란 행동으로 실수를 잘 하는 사람은 '푼수데기', 남에게 구박을 잘 당하는 사람은 '구박데기'가 되는 식이다. 그러니까 '차진디기'는 '성질이 차져서 오래도록 물고 늘어지는 사람'을 뜻하는 말이다.

이 '-데기, -디기'는 사람을 얕잡아보거나, 상대에 대한 부정의 의미를 내포하고 있다. 그래서 지금은 몇몇 낱말을 빼고는 사라져가는 추세다. 위에 예로 든 말 가운데 '부엌데기, 소박데기, 새침데기, 푼수데기'는 표준어다. 지금은 표준어화로 충청말이나 표준어가 같아졌지만, 사실 몇 십 년 전만 해도 '-데기'는 대부분 '-디기'로 썼다.

과거는 지날수록 기억에서 지워진다. 그런 것처럼 우리가 쓰던 충청말도 세월이 흐르면서 표준어와 섞이고, 우리는 우리가 어릴 적 쓰던 말을 잊어버린다. 아래 예전에 쓰던 말을 적어 둔다. 돌아보면서 충청말 '-디기'를 추억해 보자.

- 부엌데기(표준어) → **뿍**데기, **뿍**디기.
- 소박데기(표준어) → 소박데기, 소박디기.
- 새침데기(표준어) → 새침디기.
- 푼수데기(표준어) → 푼숫디기. 푼숫딩이. 푼수쟁이.
- 구박데기(비표준어) → 구박디기. 구박딩이.
- 심술데기(비표준어) → 심술디기.

오서 놀다가 인저 온댜?

'어디서'의 충청말 '워서, 오서, 어서'

'오디, 워디'는 표준어 '어디'에 짝을 이루는 충청말이다. '잘 모르는 어느 곳'을 이를 때 쓴다. 이 '오디, 워디'에 장소를 이르는 조사 '에서/이서'가 붙으면 '오디서, 워디서'가 되고, 줄어들면 '오서, 워서'가 된다.

충청도는 줄임말이 발달되어 있다. 그런 것처럼 줄임말 '오서, 워서'는 충청도에서 흔히 쓰인다. 그렇지만 표준어에선 다르다. '어디에서'가 줄어들면 '어디서'가 되는데, 그보다 더 줄여 쓰지를 않는다. 충청도 식으로 줄여 쓰면 '어서'가 돼야 할 텐데 표준어에서는 '어서'를 쓰지도 않고 인정하지도 않는다. 그래서 '어서'라고 하면 사투리가 된다.

- "**오서** 놀다가 인저 오능 겨?" 어디서 놀다가 이제 오는 거야?
- "그게 **워서** 난 중은 알어서 뭐던댜?" 그게 어디서 난 것인 줄은 알아서 무엇 한대?

• "이 사람이 **어서** 잘난 첵을 허는 겨?" 이 사람이 어디서 잘난 척을 하는 거야?

위 문장에 보이는 것처럼 '오서, 워서, 어서'는 같은 말이다. 그런데 충남지역에선 이처럼 같은 말이 여럿으로 쓰인다. 어느 것이 진짜 충청말인지 헷갈린다.

이런 까닭은 먼저 말의 변천과 관련이 있다. 말은 사회의 변화를 따라간다. 최근 100여 년 간 우리 역사는 급변했다. 일제 강점기를 거치고 해방의 혼란한 정국에 떠밀렸다. 분단과 전쟁의 아픔이 살을 찢었다. 표준어 교육과 산업화와 민주화의 소용돌이를 지났다. 이렇게 세상이 소용돌이치는 동안 충청말도 세상을 따라 뒤집혔다. 그러다 보니 세대에 따라 쓰는 말도 달라졌다. 나이가 많은 어르신들은 옛날을 기억하며 '워서'를 쓰고, 장년층에선 표준어에 따라 변한 '오서'를 쓰고, 표준어 교육을 받은 젊은이들은 '어디서'를 쓴다.

다음은 지역적 차이에 따른 변화가 있다. 같은 충남이라도 지역에 따라 조금씩 다르다. 표준어화가 진행되면서 충남 북부 지역은 경기남부 말과 같은 '오서'를 주로 쓴다. 이와 달리 남부 지역에서는 '어서'를 쓰는 사람이 많다. 이 '어서'는 충남북부에서는 거의 쓰지 않는 말이다. 이는 표준어화 과정이 지역에 따라 편차가 있는 것으로 해석된다.

굳이 구분한다면 '워서'는 '오서, 어서'의 옛말, '오서'는 충남 전역을 대표하는 말, '어서'는 충남 남부 지역 말이라 정리할 수 있겠다.

꼬리말 '_설래미니, _설래미'

- "그리**설래미니** 무수를 성성 쓸었넌디." 그래서는 무를 숭숭 썰었는데.

- "깔을 비구**설래미** 장깐 눈을 붙였넌디. 꼴을 베고서는 잠깐 눈을 붙였는데.

- "어따, 겝말을 꽉 붙잡구**설래미** 씨름을 허넌디, 올마나 심을 썼던지 그만 상대 바지춤이 후두둑 찢어지맨서 니 고쟁이가 확 드러나 뻔진 겨. 그러니께 구경허던 사람덜이 올마나 배꼽빠지게 웃었겄어. 이, 그리**설래미 니**…. 아따, 겹말(바지 위 허리띠를 매는 곳)을 꽉 붙잡고서는 씨름을 하는데, 얼마나 힘을 썼던지 그만 상대 바지춤이 후두둑 찢어지면서 고쟁이(속옷/팬티)가 확 드러나 버린 거야. 그러니까 구경하던 사람들이 얼마나 배꼽 빠지게 웃었겠어. 에, 그래설랑은….

충청 지방에는 '-설래미니/-설래미'라는 재미있는 말이
있다. 요즘 젊은이들이야 안 쓰지만, 예전에는 참 많이 쓰
던 말이었다. 특히 어른들께서 말을 하다가 막히거나, 어떤
이야기를 하면서 뜸을 들일 때면 영락없이 '에, 그리설래미
니'가 꽁무니에 이어졌다.

특히 교장 선생님이 학생들을 운동장에 모이게 하고 긴
훈화 말씀을 이어 갈 때면 꼭 나오던, 충청도 말을 쓰시는
교장 선생님이었다면 으레 몇 번쯤 나오곤 했던, 그 꼬리말
이다. 돌이켜 보면 참 재미있는데, 초등학교 그 시절엔 말
꼬리 질질 늘이며 느릿하게 이어지는 교장 선생님의 훈화
는 참 지루했다.

'-설래미니'는 '-설라무/-설래미'라는 어미에 '-니'라
는 조사가 붙은 것이다. 표준어는 '-설랑은'이다. '먹구설
래미니/먹고서는/먹고설랑은, 뛰구설래미니/뛰고서는/뛰고설랑은, 일
허구설래미니/일하고는/일하고설랑은' 따위처럼 용언 뒤에 막
가져다 붙일 수 있던 말이다. 지금도 어르신들 말씀 길어지
면 마른 침 삼키듯 가끔씩 튀어나오는 말이다. 우리들도 말
하다 뜸을 들이고 싶을 때면 더러 써 볼 일이다. 어색한 말
의 길이만큼 숨 돌릴 여유도 가득 생길 일이다.

허잠두 아니구 안 허잠두 아니구

특별한 어미 '-잠'

- "음석을 시켜놨넌디 아무두 오덜 않으니 이거 혼처 **먹잠두** 아니구 이를 오짠다?" 음식을 시켜놨는데 아무도 오질 않으니 이거 혼자 다 먹을 수도 없고 이를 어쩐대?

- "이거 약속이 애매히서니 **가잠두** 아니고 **안 가잠두** 아니고 심란허구먼." 이거 약속이 애매해서는 가기도 아니고 안 가기도 아니고 심란하구먼.

충청도에서는 이러지도 못하고 저러지도 못할 때 쓰는 말이 있다.

'참내, 허**잠두** 아니구 안 허**잠두** 아니구, 이게 뭐랴?'

처럼 쓰는 경우다. 이때 끝말 '-잠'은 표준어에 없는 말이다. 다만 비슷한 구실을 하는 말로 '-기'가 있다. 앞 문장은 '참내, 하기도 그렇고 안 하기도 그렇고, 이게 뭐래?'로 바꿀 수 있다. 그런데 뜻은 '-기'와 통하지만 느낌은 다르다.

'-기'는 용언의 명사형으로 널리 쓰인다. 이에 비해 충청말 '-잠'은 상황이 묘하게 꼬인 상황에서만 쓴다. 이렇게 애매한 상황에는 아무래도 '-기'보다는 '-잠도 아니고 -잠도 아니고'가 훨씬 맛깔 난다. 그럼 애매한 상황을 예로 들어 '-잠' 표현의 맛을 살펴보자.

친한 친구가 국내선 비행기 표를 예매해 달란다. 자기는 인터넷 예매를 할 줄 모르니 대신 해 주면 표값을 바로 갚겠단다. 뭐 친구의 부탁이고 큰돈도 아닌데 모른 척할 수 없다. 나는 비행기 표를 예매해 주고 8만 원을 카드로 결제한다. 그런데 이 친구가 갚을 생각을 안 한다. 주겠다고 한 것을 잊은 것인지 그냥 사 준 것으로 생각하는지 통 알 수가 없다. 가끔 만나 커피를 나누기도 하는데 비행기 표값은 얘기하지 않는다. 난감하다. 그냥 사 달라고 한 것이면 잊고 말 텐데, 꼭 갚겠다고 했으니 기다리게 된다. 시간이 오래 지나서 평소엔 까맣게 잊고 지내다가도 돈이 궁할 때나 이 친구를 만날 때면 그 8만 원이 생각난다. 살면서 이런 경험 한두 번씩은 있었을 법하다.

"돈 8만 원 갖구 칭구헌티 달라**잠두** 아니구 안 달라**잠두** 아니구 그게 참 그류." 돈 8만 원 가지고 친구에게 달라 하기도 어렵고, 그렇다고 달라 하지 않기도 어렵네요.

'-잠'은 참 재미있고 좋은 말이다. 충청말 '-잠'은 표준어 '-기'로는 어쩔 수 없는, 애매한 분위기를 달리 표현해 낼 수 있게 해준다. '표준어에 없는 지역말은 표준어로 삼는다.'는 표준어 사정 규칙을 적용하면 표준말로 등재될 수 있는 말이다. 이 맛깔스런 '-잠'은 지금도 쓰는 분들이 참 많다. 더 당당하게 써 보자. 그러면 곧 국어사전에 실려 훨훨 날아오를 것이다.

늬가 그럴깨비 둘러방친 겨
충청말 '-더락두, -더래두, -ㄹ깨비'

- "질 때 지**더락두** 뎀벼는 봐야 헐 것 아녀? 질**깨비** 혀보두
  않구 포기허믄 쓰남?" 질 때 지더라도 덤벼는 봐야 할 것 아냐? 질
  까 봐 해 보지도 않고 포기하면 되나?

- "그 일이 아니**더래두** 헐 일은 쌔구쌨어." 그 일이 아니더라
  도 할 일은 많고도 많아.

위 말은 한국통신에서 일하는 친구가 내게 한 말이다. 어
려서부터 함께 자란 친군데 그 친구는 늘 충청말을 쓴다.
공식적인 모임에서는 표준어를 써 보려고 제 딴에 애를 쓰
는데 그가 쓰는 표준어란 것이 그리 어울리지 않는다. 고향
에 살면서 고향말 쓰는 이가 한둘이 아니니 이 친구가 하
는 사투리가 대수로울 것은 없다. 다만 이 친구는 요즘 듣
기 어려운 '-더락두'와 '-ㄹ깨비'라는 충청말을 전매 특허
처럼 잘 쓴다는 거다. 물론 지긋한 어르신들이야 늘 써왔던

말이고 아는 말이지만, '-더락두, -ㄹ깨비'는 요즘 듣기 어려운 말이다.

'-더락두'의 표준어는 '-더라도'이다. 동사나 형용사에서 '가정이나 반대의 뜻으로 앞뒤 말을 이어 주는 어미'다. 충청도에서는 '-더라도, -드래두, -더래두, -더락두'의 네 가지 정도가 많이 쓰였다. 이 가운데 '-더락두'는 예전에 쓰던 말이다. 이 말은 표준어 교육이 일반화되면서 빠르게 사라져갔다.

표준어화가 진행되면 표준어와 형태 차이가 큰 말부터 사라진다. 위 네 가지 형태의 말 가운데 '-더락두'는 표준어와 차이가 크다. 충청 사람들은 사투리 표가 확 나는 '-더락두'보다는 표준어와 같은 '-더라도'를 선택해 쓰게 되었고, 충청말을 고집하시던 분들도 표준어와 닮은 '-드래두, -더래두'를 선택해 썼다. 그러면서 '-더락두'는 그늘 속에 숨어들었고, '-드래두, -더래두'도 조금씩조금씩 '-더라도'로 바뀌어 갔다.

참고로 내 친구가 잘 쓰는 '-깨비'는 표준어 '-까 봐'의 충청말이다. '-까 보아'가 '-까 바→까비>깨비'로 변한 것이다. 예전에는 다음처럼 흔하게 쓰였다.

- "늬가 그럴**깨비** 내가 미리 둘어방친 겨." 네가 그럴까 봐 내가 미리 둘러대어 막은 거야.
- "젤일 놀기만 헐**깨미** 내가 돌어온 겨." 종일 놀기만 할까 봐

내가 돌아온 거야.

'얼굴이 까매' 와 '얼굴이 까마'

어휘 면에서 표준어와 충청말은 크게 두 가지가 다르다. 하나는 독립하여 쓰이는 자립어의 차이다. '어머니, 엄마'를 '엄니, 어매'라고 한다든지, '도깨비'를 '허깨비'라 하는 것 따위가 이에 해당된다. 다른 하나는 뜻이 불분명하여 다른 말에 붙어 쓰이는 어미나 조사 같은 형식형태소의 차이다. 표준어 '했어요'를 '혔유>했유'라 한다든지, '집에로'를 '집이루'라고 하는 따위가 그것이다.

표준어에 대응하는 충청말의 차이는 자립어보다는 어미나 조사의 쓰임에 두드러진다. 의존형태소인 조사나 어미에 나타나는 어감은 충청 사람이 표준어를 배워도 쉽게 바뀌지 않는다.

보통 사람들은 충청말의 어미를 얘기하면 '-유'를 떠올린다. '-어요'를 쓸 자리에 '-어유'를 쓰면 되니까, 충청말은 서울말 뒤에 '-유'만 붙이면 된다는 식이다. 물론 이것은 틀린 말이다. 충청말이 그리 간단하지 않다. 다만 그만큼 '-유'가 두드러진다는 뜻인데, 사실 이것 말고도 충청말의 특징을 지닌 어미는 여럿 있다. 이 가운데 문장을 끝맺어 주는 기능의 종결 어미 하나를 살펴보자.

어간과 어미가 함께 어우러진 용언에서 어간의 끝소리가 'ㅎ'으로 끝나는 말들이 있다. '파랗-다, 빨갛-다, 까맣-다, 노랗-다' 따위의 말이다. 충청말에서는 이 말들에 어미 '-아'가 붙으면 '파랗아, 빨갛아, 까맣아, 노랗아'가 된다. 이때 어간의 끝소리 'ㅎ'이 약해지면서 '파라아→파라, 빨가아→빨가, 까마아→까마, 노라아→노라'가 된다. 이렇게 규칙적인 어미변화를 규칙활용이라 하며, 'ㅎ' 받침이 있는 충청말 용언은 모두 규칙용언이다.

그런데 표준어에서는 규칙활용이 이루어지지 않는다. '파랗아, 빨갛아, 까맣아, 노랗아'가 되었다가, '파라아→파래, 빨가아→빨개, 까마아→까매, 노라아→노래'로 된다. 모양이 이상하게 된 불규칙활용이다. 충청말에서는 '퍼렇+어→퍼러, 뻘겋+어→뻘거'의 형태가 되어 모음조화를 이룬 규칙성을 띄는 것도 표준어와 다른 점이다. 이들은 표준어에서는 당연히 '퍼래, 뻘개'가 되어 불규칙용언이 된다.

아래 예문을 보면 모음의 조화를 이루며 규칙적으로 활용하는 충청말과 활용의 불규칙성을 보이는 표준말의 차이를 쉽게 이해할 수 있을 것이다.

- "갸 얼굴은 너머 **까마**." 그 애 얼굴은 너무 까매.
- "꽃 색깔이 왜 이렇기 **하야**?" 꽃 색깔이 왜 이렇게 하얘?
- "밤질이 무지 **깡깜아**[깡까마]." 밤길이 아주 깜깜해[깜까매].
- "이 옷은 빗이 바래서 **누러졌구나**." 이 옷은 빛이 바래서 누래졌구나.

갸가 말이나 허간디

특별한 어미 '-가니, -간'

- "곡석을 들구 흐집어 쌓**걸래**[싸컬래] 한 대 줘팼유." 낟알
  을 자꾸 헤집기에 한 대 쥐어 팼어요.
- "그놈이 하두 말썽을 시피**걸래** 즘신밥을 궁겨뻐렸어."
  그놈이 하도 말썽을 부리기에 점심밥을 굶겨버렸어.)

위 문장의 나오는 충청말 '-걸래'의 표준어는 '-기에'다.
'-걸래'는 원인이나 이유를 나타내는 말인데, 충청도와 전
라도에는 원인의 뜻을 가진 특이한 형태의 어미가 또 있다.
그것이 '-가니, -간'이다.

① 얘는 뭘 허**가니** 죙일 코빼기두 안 뵌댜? 얘는 무엇을 하기
  에 종일 콧등도 안 보인대?
② 갸가 말이나 허**간**? 걔는 절대로 말을 하지 않아.

159

'–간'은 '–가니'의 준말이다. 이 말은 의문문에서 '연결어미'와 '종결 어미'의 두 가지 용법으로 쓰인다. ①문장의 '–가니'는 단순히 일의 원인을 나타내는 연결 어미로 쓰였다. '아이가 무엇 때문에 보이질 않는지'를 궁금해 하는 발화다.

② 문장의 '–간'은 부정적 의미를 담아 되묻는 형식의 종결 어미로 쓰였다. '–가니, –간'이 종결 어미로 쓰일 때는 수사의문문이 된다. '걔는 말을 하느냐?'고 묻는 것이 아니라, '걔는 말을 절대로 하지 않아.'라는 설의設疑. 종결 어미의 기능을 수행할 때에는 상황에 따라 아래처럼 '–간디, –간듀-간디유, –간유' 따위로 달라질 수 있다.

- "갸가 말이나 허**간디**?" 걔가 말이나 하니? 걔는 절대 말 안 해.
- "갸가 말이나 허**간듀**?" 걔가 말이나 하나요? 걔는 절대 말 안 해요.
- "갸가 말이나 허**간유**?" 걔가 말이나 하나요? 걔는 절대 말 안 해요.

점차 쓰이는 정도가 줄어들고는 있지만 40대 이상의 충청 사람들은 지금도 흔히 쓰는 말이다. 그리고 표준어와의 차이가 크지 않고, 전라 사람들과 충청 사람들이 많이 사용함으로써 서울에도 진출하였다. 종결 어미 '–가니, –간'의 경우 서울의 젊은이들도 어느 정도 알고 쓰기도 한다.

아래 종결 어미로 사용된 예문을 적는다. 살펴 충청말 '–가니, –간'을 되새겨 보자.

- "이전이는 신랑을 보기나 혔**간**? 혼인은 집안이서 허라 믄 허라넌 대루다가니 기냥 허넌 거였어. 그땐 머 하나 내 맘대루 헐 수 있었**간**?" 예전에는 신랑을 보기나 했나? 혼인 은 집안에서 하라는 대로다 그냥 하는 거였어. 그땐 뭐 하나도 내 마음 대로 할 수 없었어.

- "도대체 그 옷이 올마짜리**간디** 그렇기 자랑질을 혀쌌능 가? 도대체 그 옷이 얼마짜리기에 그렇게 자랑을 거듭하는 것인가?

- "도통 소영이 읎유. 걔가 내 말을 듣기나 허**간유**?" 도통 소용이 없어요. 걔가 내 말을 듣기나 하나요?

161

농사 질라두 땅이 있으야

'-려고 해도'의 충청말 '-라두, -제두'

- "집 뺵이 나가 볼**라두** 손주늠 땜이 나갈 수가 읎다닝께." 집 밖에 나가 보려도 손자놈 때문에 나갈 수가 없어요.

- "농살 질**라두** 땅이 있으야 짓쥬." 농사를 지려고 해도 땅이 있어야 짓죠.

위 문장에 쓰인 것처럼, 무엇인가를 하고 싶어도 사정이 있어 그렇게 하지 못하는 것을 나타낼 때 쓰는 말이 '-라두'다. 이는 '-라고 혀두'나 '-라고 히두'가 줄어든 말이고, 표준어는 '-려도'이다. 물론 충청도에서는 말하기 쉽게 '-래두'라고도 많이 쓴다.

- "밥을 먹**을래두** 통 입맛이 읎어서니 뭅 먹겄어." 밥을 먹으려 해도 통 입맛이 없어 못 먹겠어.

이 '-라두, -래두'는 표준어 '-려도'와 쓰임이 같고 형태가 비슷하다. 그런 까닭에 이 말은 표준어화에 사라지지 않고 지금도 흔히 쓰인다. 그런데 충청도에는 이와 같은 뜻으로 쓰이는 '-재두'라는 말이 있다.

- "동상집을 찾어가**재두** 멘목이 읎어 뭇 가유." 동생집을 찾아가자고 해도 면목이 없어 못 가요.
- "저 땅만 사**재두** 돈이 월맨디유." 저 땅을 사자고 해도 돈이 얼마인데요.
- "밥을 허**재두** 두지가 텅 볐다니께유." 밥을 하자고 해도 뒤주(쌀독)가 텅 비었다니까요.

위 문장에 연결 어미 '-재두'가 쓰였다. 쓰임이나 뜻을 살펴보면 '-라두'와 같지만 말의 형태는 전혀 다르다. 예전에는 흔히 들을 수 있었는데 표준어가 밀려들면서 점차 사라졌다. 형태가 표준어와 다르다 보니 사람들은 표준어와 닮은 '-라도'를 쓰고 '-재도'를 버린 것이다.

그런데 자세히 살펴보면 '-재도'는 '무엇을 하자고 해도'에서 '-자고 해도'가 줄어든 말임을 알 수 있다. 당연히 '하려고 해도'가 줄어든 '-라도'와는 전혀 다른 말이다. 따라서 '서울에 없는 지방말은 표준어로 삼는다.'는 표준어 사정 규칙을 적용하면 표준어가 되어야 할 말이다. 그런데 표준어 자격을 갖춘 다양하고 풍부한 지방말들은 세세히 조사되지 않았다. 그래서 잊히고 사라져 갔다.

이제라도 국가와 지방 정부가 우리말 살리기에 힘써 지원해야 한다. 그럴 때 소중한 지역말들은 살아나고, 지역말을 발굴하고 정리하는 연구자들이 나온다. 그럴 때 지역말을 바탕으로 풍성해진 나랏말이 이 땅 가득 훨훨 날아다닌다.

난 밥 안 먹을 튜

'-래요, -테요'의 충청말

할머니한테 골이 난 충청도 아이가 투정을 부린다.

"잉, 난 밥 안 먹**을류**." 으응, 난 밥 안 먹을래요. -투정
"잉, 난 밥 안 먹**을 튜**." 으응, 난 밥 안 먹을 테예요. -의지

여기서 '먹을류'는 '먹을래요'고, '먹을 튜'는 '먹을 테요'이니, 뜻에서는 별 차이가 없다. 그렇지만 '-류'와 '-튜'는 근본이 다른 말이다.

'-류'는 '-래유'가 줄어든 말이다. '먹을래유'가 줄어 '먹을류'가 된 식이다. 이에 반해 '튜'의 본래말은 '터이어유'다. 이 말이 '테어유→테유>튜'의 과정으로 줄어든 것이다. '먹을 테유'가 줄어 '먹을 튜'가 되었기 때문에 이때의 '튜'는 어미나 조사가 아니므로 띄어 써야 한다.

충청도 말은 간편하게 쓰는 줄임법이 발달했다. 위 말도

그런 경우다. 자세히 살펴보면 말의 근본은 표준어나 충청말이 같다. 줄어들기 전의 말의 보면 '먹을래요-먹을래유', '먹을 테요-먹을 테유'처럼 높임을 나타내는 '요-유'의 차이뿐이다. 양성모음과 음성모음의 어감 차이가 고작인 것이다. 그런데 말을 줄여 쓰니 표준어와는 전혀 다른 분위기가 만들어진다. 일반적으로 표준어와 방언은 말의 근본이 달라서 차이가 나는 것이 아니라, 말을 쓰는 방법이 달라서 차이가 생기는 것이다.

한편 말의 선택이 지방마다 딜라 생기는 차이도 있다. 서울 지방에서는 예전에 '테요' 많이 썼다. 그런데 요즘은 쓰는 이가 거의 없다. 대신 뜻이 비슷한 '-래요'를 쓴다. 이에 반해 충청도에서는 지금도 '-류'와 '튜'를 구분하여 쓴다. 그러다 보니 우리가 '먹을 튜.'라고 말하는 순간 다른 지방 사람들에게 충청 사람임을 들켜버린다.

'먹을 튜'는 '먹을류'보다 발음이 강하다. 그래서 충청 사람들은 보통 때는 '먹을류'를 쓴다. 그리고 자신의 생각을 강하게 드러낼 때는 '먹을 튜'를 쓴다.

이 말의 반말체는 '먹을려'와 '먹을 텨'다. "난 밥 안 먹을려." 하면 '밥을 먹지 않겠다'는 자신의 생각을 일반적으로 나타내는 것이 되고, "난 밥 안 먹을 텨."하게 되면 자신의 의지를 강하게 나타내거나 고집을 피우는 뜻을 담게 된다.

표준어가 충청도를 휩쓸어 버린 지금도 이 말들은 흔히 쓰인다. 지방말이 사라질 때에는 표준어와 차이가 큰 말부

터 사라진다. 그러나 '먹을래-먹을려, 먹을 테야-먹을 텨'
는 근본적으로는 표준어와 큰 차이가 없다. 이 때문에 충청
도 사람들은 의사소통에 지장이 없을 거라고 인식하며 쓴
다. 그렇지만 '테요' 대신 '-래요'를 선택해 사용하고, 충청
사람들처럼 줄여 쓰는 말에 익숙하지 않은 서울 사람들은
충청말 '튜'가 사뭇 낯설다. 이런 까닭으로 충청 사람들이
'먹을 튜, 갈 튜, 안헐 튜' 하는 순간 서울 사람들은 이질감
을 느끼거나, 심한 경우 못 알아듣기도 한다.

밥을 먹게꾸니 상을 봐야지
충청말의 어미 '-게끄름'과 '-게꾸니'

지난 달 예산 교육지원청 회의실에서는 예산교육발전지원단협의회 모임이 있었다. 그 자리에서는 지역 학생들을 위한 장학금 전달식도 있었다. 이에 앞서 모임 회장이 인사말을 했다. 회장은 표준어를 쓰면서 또박또박 말을 잘 했는데, 도중 충청말이 하나 툭 튀어나왔다.

"… 예산의 교육이 발전할 수 있게끄름 우리가 애써야합니다."

이 말을 들으며 나는 속으로 한참을 웃었다.

"그려, 황새 깃에 숯검정 칠한다고 까마귀 되겠냐? 우리 회장님도 천생 충청도 사람이구먼!'

충청말 '있게끄름'의 표준어는 '있게끔'이다. 요즘은 이 말을 쓰는 분들이 거의 없지만 예전에는 많이 들을 수 있었다.

168

- "배고프지 않**게끄름** 밥두 멕여주구 그맀넌디 머가 불만이랴?" 배고프지 않게끔 밥도 먹여 주고 그랬는데 뭐가 불만이래?
- "그동안 지가 잘 지내**게끄름** 보살핀 게 누군디 왜덜 공 **읎**넌 소릴 헤싼다?" 그동안 자기가 잘 지내게끔 보살핀 게 누군데 왜들 내 공이 없다는 소리만 자꾸 한대?

하는 식이다. 그런데 충청의 어르신들은 '-게끄름'보다는 '-게꾸니'를 더 많이 쓴다.

- "사람이 밥을 먹**게꾸니** 상을 봐야지. 것거니가 이게 뭐랴?"
- "내가 일헐 수 있**게꾸니** 준비 점 잘 히놔 봐."

처럼 쓴다. 물론 '-게끄름'이나 '-게꾸니'나 모두 충청말이지만, 아무래도 '-게꾸니'가 좀 더 충청말답다. 그리고 이와 비슷한 연결 어미로 '-게시리, -게스리'가 또 있어서 아래처럼 쓰였다.

- "편허게 점 **쉬게스리** 나 점 가냥 냅둬유." 편히 쉬게끔/쉬도록 나 좀 그냥 내두세요.
- "우리 아가 공불 허**게시리** 슨상님이 점 신경을 써주슈." 우리 아이가 공부를 하게끔/하도록 선생님이 좀 신경을 써 주세요.

'-게스리/-게시리'는 연결 어미 '-게'에 접사 '-스리'가 붙은 말이다. 이는 대체로 '-게끔'과 '-도록'의 의미를 포괄하고 있다. 이런 말들은 사람에 따라, 상황에 따라 편한 대로 선택해 쓸 수 있어서 표준어보다 표현이 풍요로왔다. 이는 지금도 비공식적인 자리에서는 흔히 쓰이고 있다. 충청 사람들끼리 서로의 마음을 통하는 데는 아무래도 표준어가 충청말만 못한 것이다.

'뎅이'일까 '딩이'일까

　'막딩이, 막내딩이, 바람딩이'는 다들 아시겠다. 이런 말에
는 다같이 '-딩이'가 붙어 있다. 이 '-딩이'는 '-동이'에서
생긴 말이다. 한자 '아이 동童'에 '-한 것'의 뜻을 뜻하는 접
사 '-이'가 붙은 것이다. 그래서 '-동이'를 말 그대로 풀이
하면 '나이가 어린 아이'가 되는데, 지금은 어원에서 멀어져
'어떤 특징을 지닌 사람이나 동물을 가볍게 이르는 말'이 되
었다. 이 '-동이'는 변하여 서울지역에서는 '-둥이'가 되었
고, 충청도에서는 '-딩이'가 되었다. 그런데 충청도에서는
지금 '-딩이' 못지않게 '-뎅이'라고 쓰는 분들이 많다. 그렇
다면 '-뎅이'는 '-딩이'와 어떤 차이가 있을까?

　먼저 서울말 '-동이童-'는 충청도에 오면 모음동화가 일
어난다. 본딧말에 ㅣ 모음이 따라붙는다. 이런 변화는 말하
기 쉽기 때문이기도 하고, 충청도 사람들의 언어 습관 때문
이기도 하다. 이에 따라 서울말 '-동이'는 충청도에서 '-뒹

이'가 되었고, 이중모음은 더 줄여 쓰는 충청도 말법에 따라 '-딩이'로 굳어졌다.

서울말 '-둥이'는 한강을 건너면 '-뒹이'가 되고, 천안과 아산을 지나면 '-딩이'가 된다. 그런데 이 '-딩이'는 차령산맥과 금강을 건너 내려가면서 '-뎅이'로 변한다. '-뎅이'는 '-딩이'와 섞여 충남 남부와 전라 지역에서 널리 쓰였다.

요즘은 충남 북부 지역에서도 '-뎅이'가 많이 쓰인다. 이는 표준어를 따라가려는 움직임 탓이다. '막딩이'보단 '막뎅이'가 표준어와 가깝다. 이렇게 '-딩이'와 '-뎅이'가 섞여 쓰이면서 지금은 어느 말이 충청말인지 헷갈린다.

정리하면, '-둥이'의 충남 방언은 '-딩이'이고, 충남 남부 지역에서는 '-뎅이'가 섞인다. 아래에 접사 '-딩이'가 붙은 단어를 늘어 둘 것이다. 말 뒤에 붙은 '-딩이'는 '-뎅이'로 바꿔 보면 서로 통한다.

- 구염딩이>기염딩이귀염둥이 : 귀염을 받음직한 아이.
- 검딩이검둥이 : 검은 빛 털을 가진 개.
- 깜딩이/껌딩이깜둥이 : 살갗이 검은 사람. 털이 검은 짐승.
- 늦딩이늦둥이 : 늦게 얻은 아이.
- 막내딩이/막딩이막둥이 : 맨 뒤에 얻은 아이.
- 쉬운딩이쉰둥이 : 50대에 이르러 얻은 아이.
- 쌍딩이쌍둥이 : 쌍으로 낳은 아이.
- 업딩이업둥이 : 업어다 키운 아이.

- 외딩이외둥이 : 다른 형제 없이 하나뿐인 아이.
- 팔삭딩이팔삭둥이 : 달을 다 채우지 못하고 낳은 아이.
- 힌딩이흰둥이 : 살갗이 흰 사람. 흰 털을 가진 짐승.

쪼개쪼개 쪼개다

푸른 나랏말로 일어설 충청말

'**짜개짜개** 찢어 놓지만 말구 잘 점 정돈히 봐.' 조각조각 찢어 놓지만 말고 잘 좀 정돈해 봐.

사람들이 짜개짜개 흩어졌다. 4월의 벚꽃들은 소복이 모였다가 졌다. 모란 꽃송이들은 붉게 모였다가 함께 쏟아졌다. 배꽃이 눈송이처럼 모여 함께 지고, 사과꽃이 연분홍 치마로 모였다가 함께 떨어졌다. 꽃이 떨어진 자리마다 연초록 열매들이 다닥다닥 모여 큰다. 그런데 사람들만 흩어졌다. 마음은 하나인데 몸은 자꾸만 멀어지는 날들이다. 코로 나는지 입으로 나는지 모를 전염병이 스멀스멀 흩날리고, 그렇게 우리의 봄날이 간다.

'짜개짜개'는 '짜개다'에서 나온 말이다. '짜개는 것'은 어떤 물체를 둘 이상으로 갈라 놓는 것이다. 충청도 사람들은 '짜개는 것'을 좋아하는데 서울 사람들은 '쪼개는 것'을 좋아한다. 그래서 서울 사람들이 수박을 쪼갤 때 충청도 사람들은 수박을 짜갠다. 나무도 짜개고 돈도 짜갠다. 둘이 있으면 둘로 짜개고 여럿이 모이면 더 잘게 짜갠다. 이렇게 나누는 모양을 충청도 사람들은 '짜개짜개'라고 한다.

1968년의 국민교육헌장은 세상을 뒤흔들고, 충청도 아이들은 모두 학교에 갔다. 학교에 가서 열심히 서울말 공부를 했다. 충청말로 쓴 것은 틀린 답이 되고, 너도 나도 서울말을 익혀 답을 썼다. '핵겨를 댕기던' 아이들이 문득 학교에 다녔다. '갱굴물에 후염치던' 애들은 문득 개울물에 헤엄을 쳤다. 아이들은 아버지와 어머니가 쓰던 말을 슬그머니 가슴에 감췄다. 그러는 동안 '짜개짜개'는 녹슬고, 녹이슨 그 자리를 '쪼개쪼개'가 나타났다.

아이들은 서울말을 익혔지만 충청말을 버리고 싶진 않았다. 그래서 서울말을 닮은 '쪼개쪼개'를 썼다. '쪼개쪼개'는 '짜개짜개'만큼은 아니지만 충청도에서 널리 써온 말이다. 아이들은 '쪼개쪼개'가 서울말인 줄 알았다. 충청도 사람이 '짜갠다'고 할 때 서울 사람들은 '쪼갠다'라고 한다. 그러니 충청도 사람들이 '짜개짜개'할 때 서울 사람들은 '쪼개쪼개'하는 줄 알았다. 그래서 충청도 아이들은 '짜개짜개' 대신 '쪼개쪼개'를 열심히 썼다. 지금도 적지 않은 분들이 '쪼개쪼개'를 쓴다. 쪼개쪼개 나누고, 쪼개쪼개 가른다.

"올마 되두 않년 걸 한 사람기다 몰어주지 왜 **쪼개쪼개** 쪼
개구 있년 겨?" 얼마 되지도 않는 것을 한 사람에게다 몰아주지, 왜
잘게잘게 쪼개고 있는 거야?

이렇게 열심히 '쪼개쪼개'를 익혔지만, 정작 서울에서는
'쪼개쪼개'를 쓰지 않는다. 당연하게 국어사전에도 없다.
몇날 며칠 찾으면 서울말 '조각조각'을 만날 것이다. '짜개
짜개'도 아니고 '쪼개쪼개'와도 상관없는 '조각조각'이다.
　서울 사람이 되고 싶어도 충청도 사람이 충청노를 벗어
나는 것은 어렵다. 그래서 나는 '짜개짜개, 쪼개쪼개'가 좋
다. 서울말과 달라서 좋다. 그래서 더 열심히 쓴다. 표준어
에 있는 방언은 살아남지 못하지만, 표준어에 없는 방언은
국어사전에 오른다. 좀 더 지나면 코로나에 짜개졌던 충청
말들 다시 모일 것이다. 모여 푸르고 푸른 나랏말로 피어날
일이다.

제4부

원래 우덜은
다 그려

정민인가 증민인가

군청 민원실, 토지상속 담당 공무원과 민원인이 마주 앉았다.

"등기명의인이 할아버지시죠?"
"예, 저의 할아버지십니다."
"할아버지 성함이 어떻게 되죠?"
"예, 우리 할아버지 함자는 '박·정·민'입니다."
"아니, 여기 제적엔 '박정민'이 아니고 '박·증·민'인데요?"

돌아가신 할아버지 명의의 토지를 상속하겠노라 손자가 토지 상속을 신청했다. 그런데 할아버지 이름이 다르다. 손자는 '박정민'의 토지에 대해 상속 신청을 했는데, 제적 등본에는 이름이 '박증민'이다.

할아버지는 1920년대에 태어나 1980년대에 돌아갔다. 일제 강점기에는 제적등본을 모두 한자로 썼다. 오랜 세월이 지나고, 1990년대에 컴퓨터가 보급되면서 주민등록 한글화 작업이 이루어졌다. 이에 예전의 한자 이름은 모두 한글로 바뀌었다. 그런데 한자로 쓰인 이름을 한글로 바꾸다가 담당자들이 적지 않은 실수를 했다. 대표적인 것은 일제 강점기 펜으로 쓴 글자가 알아보기 힘들 정도로 흐려져 달라진 경우다. 다음은 두음법칙을 잘못 적용하여 '金福禮김복례'를 '김복예'의 식으로 잘못 옮긴 것이다.

그런데 위의 예는 특이하다. '朴政敏', 성 박朴, 정사 정政, 빠를 민敏. 이 이름을 표준어로 읽으면 '박정민'이다. 그런데 충청말로 읽으면 '박증민'이 된다.

충청도 사람들은 [정]을 [증]으로 말한다. '정말이지?'라 쓰고 '증말이지?'라고 읽는다. '정신없다'를 '증신읎다'로 말한다. '정갑식'이 '증갭식'이 되고, '정한영[정하녕]'은 '증한잉[증하닝]'이 된다.

아마 한글화 작업을 하던 주무관은 충청말을 잘 쓰는 50대였을 것만 같다. 1990년대 한글로 바꾼 것이니, 1940년대 생의 충청도 공무원.

'음, 박증민이군.'

잠깐 딴 생각을 하면서 충청말로 읽다가 그만 '朴政敏박정민'을 '박증민'으로 쓴 것만 같다.

멍가나무와 망개나무

예산문협 인터넷 카페에 들어갔다가 '술 못 마시는 이는 멍가나무잎에 술 따르는 시늉만 해도 좋을 것 같은' 표현을 만났다. 어느 자칭 한량이 한 말이다. 그 구절을 읽다 보니 멍가나무에 침 흘리던 어린 시절이 떠오른다.

'앞산에 뒷산에 빨강 게 멍가' 하며 수수께끼 놀이를 하던 일이 아련하다. 앞산 뒷산에 단풍이 찾아들면 구슬같이 빨간 멍가를 입에 넣고 우물거리던 일이 달콤하다. 누이와 계집애들이 소꿉장난으로 멍가잎새에 밥을 싸던 일들이 엊그제 일처럼 웃음 짓는다.

누군가 여름철 보리개떡을 멍가잎에 싸 먹으면 그리 부러웠던 이름 멍개떡망개떡. 아들 대학 등록금에 보탠다고 멍가잎새를 따러 온 산을 헤매던 어머니. 일본 사람들은 떡을 멍가잎에 싸서 먹는다고, 그러면 떡이 쉬지 않고 오래 가고 떡에 향이 배어 맛난다고, 그래서 우리나라 멍가잎새를 수

입해 가는 거라고, 무더운 여름 한철 어머니의 바쁜 손놀림을 바라보던 서글픈 내 눈망울.

예산군 대술면 궐곡리와 예산읍 수철리를 가로막은 해발 424미터의 안락산, 그 산에서 벋어 내린 산줄기가 갈라놓은 지명들. 마을 양편에 병풍을 둘러친 듯 좁은 골짜기에 들어선 비병골, 비병골 좁은 골짜기에 솟아나는 샘물로 농사짓는, 손바닥 같은 논들이 쉰 개의 사다리로 늘어선 쉰다랭이골, 쉰다랭이골과 잇닿아 뱀처럼 1킬로가 넘게 구불거리는 가낭골가는골, 가낭골 아래 붉은 황토의 민둥산 골짜기의 이름 멍가나무골. 민둥산 골짜기와 등성이마다 흔하디흔하던 멍가나무들이 지금은 울창한 숲에 치여 찾아보기 어렵다.

'멍가나무'는 충청 방언이다. 충청의 남쪽 지방에서는 '멍개나무'라고도 한다. 사전이나 인터넷에는 수많은 방언들이 즐비한데 충청의 '멍가나무'는 검색되지 않는다. 멍가나무의 다른 이름은 '망개나무'다. '망개나무'는 차령산맥 이남의 충청 남부 지방과 전라 지방에서 주로 쓴다.

떡을 빚어 가마솥 안 채반에 올리고 망개나무 잎으로 덮어 쪄낸 떡을 차령산맥 이남 지방에선 '망개떡'이라 한다. 그래서 충청의 적잖은 사람들이 헷갈린다. '멍개떡'의 표준어가 '망개떡'이니, '멍가나무'의 표준어는 '망개나무'일 것으로. 그런데 엉뚱하게도 '멍가나무'의 표준어는 '청미래나무'다.

추억 속으로 가을이 익어 간다. 이번 추석 성묫길 산행엔 빠알간 '멍가'의 그리움을 찾아야겠다.

왕탱이와 옷바시

조심해야 할 '말벌'의 충청말

퇴근하는 엊그제의 하늘에 둥그런 달이 떴다. 음력 7월 보름이 노랗게 웃고 있었다. 보름달을 보면서 추석이 다가오는구나 생각했다. 이 맘 때면 많은 이들이 조상님 산소를 찾는다. 벌초를 한다. 말벌에 쏘여 여러 번 고생해 본 나는 벌초의 '벌'을 '말벌'로 느낀다. 그만큼 벌초 때면 말벌에 쏘여 고생하는 사람 이야기가 가득 휘날린다.

말벌, 아직도 친해지지 못은 이름이다. 1960년대까지만 해도 충청도에는 말벌이 거의 없었다. 충청도 사람들은 말벌이란 말을 쓰지 않기 때문이다. 서울말 '말벌'은 일부 지식인이나 아는 말이었다. 충청도를 나가 본 적이 없는 이들은 '말벌'이 무슨 말인지 몰랐다. 알아도 쓰지 않았다. 지금도 외지에 나가지 않고 충청도에서만 사는 사람들은 말벌이란 말을 쓰지 않는다. 외지 사람들과 대화할 때만 쓴다. 이렇다 보니 지금도 충청의 어르신들은 '말벌'이란 말이 추상적이다. 선뜻 떠오르지 않는다.

1970년대에 이르자 모든 충청도 아이들이 학교에 다녔다. 학교를 마친 아이들은 청년이 되어 도시로 나갔다. 그러면서 서울말 '말벌'이 퍼졌다. 이 말을 처음 만난 충청 사람들은 생각한다. '말'은 큰 동물이다. 아주 큰 것에 충청도 사람들은 '왕王'을 붙인다. 그래서 '왕매미'는 큰 매미다. '왕자마리'는 큰 자마리다. 그런데 서울에서는 '말'을 잘 붙인다. '말'이 붙으면 '아주 큰 것'이 된다. 아주 큰 매미는 '말매미'다. 충청의 하늘을 헤엄치던 '왕자마리'는 서울로 날아들어 '왕잠자리'가 된다.

이런 까닭에 충청 사람들은 '말벌'을 '아주 큰 벌이겠구나.' 생각했다. 예전 경상과 전라, 충청의 삼남지방에서는 '말벌'이란 말을 안 썼다. 그러니까 대한민국의 대부분을 차지하는 삼남의 민중들은 '말벌'을 '왕퉁이'와 동일시했다. 삼남에선 '왕퉁이'가 가장 큰 벌이기 때문이다. 그래서 얼핏 생각하면 '말벌'은 삼남의 '왕퉁이'가 될 것만 같다.

그런데 이는 반은 맞고 반은 틀렸다. 서울말 '말벌'은 '아주 큰 벌'의 의미도 있지만, 중심 의미는 '사납고 위험한 벌'이다. '말벌'은 '왕퉁이'만 이르는 말이 아니고, 사나운 여러 종류의 벌을 싸잡아 이르는 말이기 때문이다. 몸집이 큰 대왕말벌왕퉁이, 날씬하고 다리가 긴 쌍살벌바더리, 귀여울 만큼 작은 애기말벌땡벌 따위가 다 말벌이다. 그러나 삼남의 민중들은 '말벌'을 아주 큰 벌로 인식하여 '왕퉁이'만 떠올린다.

충청도에서 벌초할 때 문제를 일으키는 벌은 '왕탱이'와 '옷바시'다. 말벌 가운데 제일 사나운 벌들이다. 왕탱이는 아주 큰 말벌류에 속하고, 옷바시는 아주 작은 말벌류에 속한다. 서울에서는 흔히 '왕통이'와 '땅벌'이라 한다. '왕통이'는 본래 수백 년 그 이전부터 써온 순우리말인데 현대에 이르러 '말벌'에게 밀렸다. '땅벌'은 수백 년 전부터 내려온 우리말로 표준어이다. 신문이나 인터넷에 말벌에 쏘였다는 기사가 나왔다면 그 벌은 '왕통이' 아니면 '옷바시'다.

서울 방언 '왕통이'의 충청말은 '왕탱이'다. 지역이나 쓰는 시기, 쓰는 이에 따라 '왕팅이'도 된다. '왕탱이'는 여러 종류인데 그 중 노란색 줄무늬를 띠고 머리가 세모진 생김새의 왕탱이가 가장 무섭다. 이 왕탱이를 보통 '장수말벌'이라 한다. 숲에 호박덩이 누런 집을 둥그렇게 매달고 1~500마리가 모여 산다. 그리고 '옷바시'는 땅 속에 2~3층의 집을 짓고 수백 마리가 모여 산다. 인터넷에 옷바시를 검색하면 '땅벌'의 충청 방언이라 나온다. '옷바시'는 수백 년 이어져온 우리말인데, '땅벌'에 쫓겨 충청도로 내려왔다. '옷바시'는 벌집을 건드리면 떼로 몰려든다. 두껍게 옷을 입은 사람은 옷 속으로 파고든다. 옷 위에 벌침을 꽂지 않고 맨살만 찾아내 쏜다. 그래서 충청도 사람들은 옷 속에 파고들어 쏘는 벌이라 '옷바시'가 되었다고 한다.

무덤 가까이에 이런 말벌집이 있다면 위험하다. 모르고 지나다가, 무심코 제초기를 내밀다가 벌집을 건드리면 떼로 덤빈다. 왕탱이는 한두 마리에 쏘여도 위험하다. 왕탱이의 침독은 심장에 충격을 가한다. 벼락 치듯 심장을 때린다. 순간 심장이 멎는다. 건강한 젊은이도 심장이 쿵 흔들리며 가슴을 부여잡게 된다. 옷바시는 한 마리에 쏘이면 대수롭지 않다. 그런데 옷바시는 언제나 수십 수백 마리 떼로 덤빈다. 침을 쏘고 나면 죽는 벌들, 옷바시의 세계엔 생명 경시 풍조가 있다. 옷바시들은 아주 쉽게 자신의 목숨을 던진다. 떼로 덤벼들어 자신을 죽인다.

조상을 기리며 가족들이 함께하는 추석, 그 넉넉한 명절을 위해 벌초는 각별히 신경써야 하겠다.

계집애가 오랍아 하니
말과 사회의 관계

나에게는 형님이 한 분 계시다. 내 형제자매는 여섯인데, 나는 그 가운데 다섯째다. 맏이는 형이고, 둘째와 셋째와 넷째는 누이다. 맏이인 형하고는 나이차가 커서 어울리지 못하고 나는 누이들하고 가까이 지냈다.

내 위의 세 누이는 형보고 어빠라 불렀다. 큰누이도 어빠라 했고, 둘째, 셋째 누이도 어빠라 불렀다. 그래서 나도 어빠라 부르며 자랐다.

내가 어빠라 부르면 형은 얼굴을 찌푸렸다. 네가 지지배냐고 주먹 꿀밤을 주거나, 친구들이 놀러오면 옆에 오지도 못하게 했다. 그런 나를 보고 엄마는 일러 주었다.

"남자는 엉아라루 불르넌 거여." 남자는 형이라고 부르는 거야.

나는 그게 이상했다. 누이들이 다 어빠라 하는데 나만 엉아라 부르는 게 싫었다. 초등학교에 들어가서도 나는 어빠라라는 말을 고치지 못했다. 그렇다고 마구 부르지도 못했다. 내가 형을 어빠라 부르는 것을 아는 몇몇 친구들이 놀렸기 때문이다. 학교 친구들의 놀림은 내게 큰 충격이었다.

형은 이미 청년이 되어 집안에 거의 있지 않았다. 살갑게 얘기를 나누는 일도 적었다. 그러나 가끔 형을 불러야 될 때는 난감했다. 마음으로는 '엉아'라 부르고 있는데, 목소리는 '어빠'라 나왔다.

내가 처음 형에게 '엉아'라 불러 준 것은 3학년 때였던 것으로 기억한다. 처음 '엉아'라 부르고 얼마나 부끄러웠는지 모른다. 그때 나는 홍당무가 되어 형의 얼굴을 바로 보지 못했다. 내가 형을 겨우겨우 '엉아'라 부르는데 익숙할 즈음 형은 군에 가고 사회에 나갔다. 오래된 어릴 적 기억이지만 어빠에서 엉아로 바꾸는 그 과정은 참 힘들었다.

'계집애가 **오랍아** 하니 머슴애도 **오랍아** 한다.' 여자애가 오빠라고 부르니, 남자애도 오빠라고 부른다는 속담이 있다. 나의 경우에 딱 맞는 얘기다. 말은 주변 상황에 따라 곱게도 만들어지고 거칠게도 만들어진다. 그리고 한 번 몸에 밴 말을 고치기란 여간 어려운 게 아니다. 말이 거칠면 내 삶과 세상이 거칠어지고, 곱고 바른 말은 나와 세상을 곱고 바르게 만든다. 곱고 바른말로 보듬어 가는 사람들, 곱고 바른 일들이 가득한 세상을 나는 추억한다.

그 사람은 오약손을 쓰께

'왼손'의 충청말

얼마 전 논산문화원 홈페이지를 보다가 깜짝 놀랐다. 그
곳에는 『논산 지역의 언어』라는 책을 소개하고 있었다.
2017년, 논산 지역 어르신 네 분을 찾아 조사 발굴한 것으
로 논산 말이 생생하게 기록되어 있었다. 평생 논산에서 살
아온 분들의 삶의 단편들이 오롯이 담겨 있었다. 나는 그
곳에서 '오약손'이란 말을 만났다. 그리 낯설지는 않았지만
충남 북부 지역에서는 쓰는 이가 거의 없는 말이었다.

- "산질이 **오약짝**이루만 빙빙 둘러졌어." 산길이 왼쪽으로만
  빙빙 산을 두르고 있어.

- "그 사람은 **오약손**을 쓰께 낫두 오여낫을 쓴 겨." 그 사람
  은 왼손을 쓰니까 낫도 왼손잡이 낫을 쓴 거야.

'오약손'은 대체로 차령산맥과 금강 이남 지역에서 쓰는

말이다. 쓰임은 대략 위 문장과 같다. 이에 비해 충남 북부 지역에서는 '오여손'를 주로 쓴다. 충남지역에서는 '왼'을 '오야'나 '오여'라 한다. '오야'는 차령이남에서, '오여'는 차령 이북 지역에서 주로 쓰는 말이다. 이 두 말은 '바르지 않다'는 뜻의 '외졷'에서 나온 말이다. 이 '외'에 관형격조사 '의'가 붙어 '오야', '오여'가 된 것이다. 그러니까 '오약손' 은 '오얏+손'이고, 바른손이 아니라는 말이다.

충남 북부말과 남부말의 큰 차이 가운데 하나는 '혀'와 '햐'의 쓰임이다. 충남 북부에서 '갸는 공불 참 잘 혀.'라고 한다면 남부에서는 '갸는 공불 참 잘 햐.'가 되는 식이다. 물론 '혀, 햐'는 모두 충남 전역에서 쓰이지만, 남부에서 많이 쓰이는 '햐'가 북부에서는 거의 쓰이지 않는다. 이와 마찬가지로 '오야손, 오약손'은 남부에서, '오여손, 오엿손'은 북부에서 주로 쓰인다.

- "바른손을 다쳐서래미 **오여손**이루 일헐라니께 웅이응 스툴러." 오른손을 다쳐서 왼손으로 일하려니까 영 서툴러.

위 문장은 충남 북부에서 주로 쓰는 말이다. 나이가 들수록 세월이 빨리 간다. 세상이 더 빠르게 바뀐다. 나는 그대로 있고 싶은데 주변이 마구 떠민다. 어릴 적 추억과 삶이 녹아든 충청말을 쓰고 싶은데 세상은 그걸 허락하지 않는다. 그래서 충청의 오약손도 오여손도 우악스런 '왼손'을 만나 세월의 추억 속에 몸을 숨겼다.

원래 우덜은 다 그려

'우리들, 저애들'의 충청말 '우덜'과 '쟈덜'

엊그제, 텔레비전을 보고 있었다. 꽤 유명한 충청도 남자 탤런트가 사투리를 쓴다. 앞에 있던 사람이 알아듣지 못한다.

"원래 **우덜**은 다 그려."

"**우덜**…?"

"아, **우덜**이 뭔 말인지 모르는구나!"

충청도 사람들은 '우리들'을 '우덜'이라 쓴다. 줄임말이 유행하는 시대, 충청도 아이들도 곧잘 '우덜'을 쓴다. 이렇다 보니 충청도 사람들에겐 '우덜'이 곧 '우리들'이고, '우리들'이 곧 '우덜'이다. 그리고 '우덜'은 충청도뿐만 아니라 전라, 경상, 강원도 사람들도 쓴다. 그러니 충청도 사람들은 요즘도 '우덜'을 자신 있게 쓴다. 그렇지만 서울 사람이나 표준어에 익숙한 사람들에겐 '우덜'이 꼭 자연스럽진 않다. 충청도 사람들의 예상과는 달리 이 말을 모르거나 어색하게 바라보는 시선이 많은 것이다.

'우덜'에 비해 '쟈덜'이나 '갸덜'은 충청도 사람도 모르는 경우가 많다. 이런 말은 예전 분들이 쓰던 말이고, 지금은 어르신들도 '쟤덜, 걔덜'로 바꿔 쓰고 있기 때문이다. '쟈덜'은 '저 아이덜'이 줄어든 말이다. '갸덜'은 '그 아이덜'이 줄어든 말이다. '쟈덜. 갸덜'이 더 줄어들면 '자덜, 가덜'이 된다. '자덜, 가덜'은 충청도보다는 전라도에서 많이 썼다. 그래서 '자덜, 가덜'은 보통 충청 방언보다는 '전라 방언'으로 본다.

- **"야**덜이 왜 이렇기 시끄럽댜?"** 이 아이들이 왜 이렇게 시끄럽대?
- **"느**덜이 뭘 안다구 나스넌 겨?"** 너희들이 뭘 안다고 나서는 거야?
- **"즈**덜두 다 컸응께 인저 걱정 읎어."** 저희들도 다 컸으니까 이젠 걱정 없어.
- **"지**덜두 먹구 살으야지 않겄남유?"** 저희들도 먹고 살아야 하지 않겠어요?

'이 아이들'은 줄어 '야덜'이 된다. '너희들'은 줄어 '느덜'이 되고, '저희들'은 줄어 '즈덜'이 되고 '지덜'이 된다. 이렇게 인칭대명사를 줄여 쓰는 것은 충청도 말법의 대표적 특징이다. 돌아보면 정겹고 쉬운 우리 충청말이다.

딩규?

충청남도 예산말사전 2권을 냈을 때다. MBC 대전 방송국에서 연락이 왔다. 뉴스 진행자가 그런다.

"밥 사 줄 텡께 잠깐 댕겨가."

"밥? 어따, 내가 방송 나가넌 규?"

부리나케 방송국으로 달려갔다. 담당 진행자가 고향 선배다. 선배는 째그만 방안으로 나를 끌고 간다. 뉴스 진행실, 스튜디오란다. 앞쪽엔 탁상 하나와 의자 두 개, 숨소리도 죽인 휘황한 조명이 눈부시다. 촬영기사와 스텝들이 뒤쪽 어둠 속에서 나를 노려본다. 영 어색하다.

9시 뉴스에 5분간 방송될 분량이란다. 먼저 리허설을 해 보잔다. 긴장할 것 없고 자연스레 하면 된단다. 선배는 묻고 나는 대답한다. 뭘 물었는지 뭘 대답했는지 잘 생각나지 않는다. 암튼 몇 마디 말을 시키더니 갑자기 옷에 매단 마이크를 떼며 선배가 일어선다.

"가. 밥 먹으야지."

참 뜬금없다. 리허설을 해 보자고 하더니 대뜸 밥을 먹잔다.

"**됭 규?**"

"이, 저기 내 아는 청국장집 맛있어."

이건 충청도식 대화다. 리허설은 거짓이다. 휘황한 스튜디오에 들어서면 대개 긴장한단다. 그래서 연습이라고 하면서 진짜 찍어버리는 거란다.

나는 그걸 모른다. 그런데 선배는 그런 설명을 하지 않는다. 그저 밥 먹으러 가자는 것뿐이다. 이건 인터뷰가 끝난 뒤에 해야 할 말이다. 그래서 인터뷰가 끝난 것이 확실한가를 내가 따져 물은 것이다. 선배가 상황을 설명하지 않고 건너뛰었으니 '인터뷰가 다 된 것인가요?' 해야 할 자리에 '됭 규?'를 쓴 것이다. 선배 따라 차포를 떼어 낸 것이다.

충청도 사람들의 대화는 상황을 지워 내는 고도의 절제다. 알아들을 만한 것이면 굳이 설명하지 않는다. 그래서 대화가 짧다. 주변의 상황을 이해하고, 상황과 상대의 말을 조합해서 해석해야 한다. 선배도 충청도 사람이고 나도 충청도 사람이다. 그가 하는 말을 내가 알고, 내가 하는 말을 그가 알아듣는다. 선배는 벌써 문밖으로 나갈 태세다. 인터뷰는 끝났다. 홀가분하다. 나는 구수한 청국장을 입맛 다시며 선배 뒤를 따른다. 그런데,

"저~."

문 옆에 있던 촬영 기사가 나를 잡는다.

"**됭 규**가 뭔 말이에요?"

서울말 같은 충청말
반듯하다, 빤뜻하다

  고향 충청도에서 충청말을 쓰던 사람도 서울에 가면 서울말을 쓰게 된다. 다들 서울말을 쓰는데 나만 충청말을 쓰는 것은 어색하다. 눈치도 보인다. 모난 돌이 정 맞는다. 서울말을 할 줄 아는데 굳이 충청말을 써서 튀어날 이유도 없다. 그래서 충청도 사람들은 서울에 가면 서울말을 쓴다.

  '당신 충청도 사람이지?'

  신기하다. 서울 사람들이 금방 알아차린다. 특히 충청도 어르신들은 바로 들킨다. 이렇게 되는 까닭은 대략 충청도 말법과 발음이 서울과 다르기 때문이다. 한 예로 '반듯하다, 빤뜻하다'를 들어 보자.

  '반듯하다'는 '굽거나 흐트러지지 아니하고 가지런한 것'을 이르는 말이다. 이때 '−듯하−'는 딱딱한 소리인 자음이 겹쳐 발음이 불편하다. 이럴 때 서울 사람들은 원칙대로 발음하지만, 충청도 사람들은 편하게 한다. 그래서 서울 사람들은 '반드타다'라고 말하고, 충청도 어르신들은 '반드다다'라고 말한다. 쓸 때는 똑 같은데 말할 때 소리가 다른 것이다.

- '행실이 **반듯해야**[반드대야] 넘덜헌티 구엄받넌 겨. 행실이 반듯해야[반드태야] 남들에게 귀염을 받는 거야.
- '그렇기 꾸부정허게 앉었덜 말구 허리 점 **빳뜻하게**[빤뜨다게] 펴 봐.' 그렇게 구부정하게 앉았지 말고 허리 좀 빳뜻하게[빤드타게] 펴봐.

위 문장의 밑줄 친 부분은 충남 남부 방언이다. 쓸 때는 표준어인데, 말할 때는 달라진다. 머리로는 서울말을 썼는데, 입에선 충청 발음이 나오는 것이다.

이런 경우는 아주 흔하다. '무엇하니[무어타니?']를 충청말로 바꾸면 '뭣햐[뭐타?] 뭣혀[뭐터?]'가 된다. 그런데 충청도 사람들이 실제 말할 때는 '뭐댜? 뭐뎌?'로 발음하거나, 더 줄여 '머댜? 머뎌?'로 말한다. 발음이 불편할 땐 흔히 'ㅎ'을 생략하는 것이 충청도 말법이다. 쓴 대로 말하는 것이 아니라 편한 대로 말하는 것이다. 이런 말법에 익숙한 충청도 어르신이 서울에 가 '무엇하니?'를 말하면 서울말이 되지 않는다. 머리로는 '무엇하니?'라 말했는데 실제 입에서 나오는 말은 '뭐다니?'가 되기 때문이다.

그리고 서울 본토박이들은 '빳뜻하다'란 말을 쓰지 않는다. 이는 충청과 전라도에서 많이 쓰는 말이다. 얼핏 '빤뜻하다'는 '반듯하다'가 강해진 말로 표준어 같지만, 서울 사람들은 '빤듯하다빤드타다'라 한다. 그래서 '빤뜻하다빤뜨다다'는 사투리가 된다. 이런 것들은 충청도 사람들이 생각할 땐 별 게 아니지만 서울 사람들이 들을 땐 경상도 사람이 서울말을 쓰는 것처럼 표가 난다. 이런 까닭으로 서울에서 충청도 사람임을 다 숨기지 못하는 것이다.

감자와 고구마

김동인의 「감자」

    고등학교 2학년 때 김동인의 소설 「감자」를 처음 읽었다. 1920년대 평양 외곽의 빈민굴을 배경으로 주인공 복녀가 타락해 가는 과정을 그려 낸 소설이다. 이 「감자」를 읽다가 참 이해하지 못할 부분을 만났다. 주인공 복녀가 가을철에 감자를 훔치다가 왕서방에게 붙잡히는 장면이다. 감자는 여름 작물인데, 가을에 감자를 훔친다는 것이 이해되지 않았다. 한참이나 고민한 뒤에야 나는 1920년대의 감자는 고구마를 이르는 말임을 알았다.

    '감자'와 '고구마'는 서로 닮은 점이 많다. 가난한 사람들의 배를 채워 주는 구황작물이라는 점이 닮았고, 땅 속에 덩이를 키운다는 점이 닮았고, 예전의 이름이 모두 '감자'라는 점이 닮았다.

    두 작물은 모두 남아메리카로부터 퍼져 나왔다. 우리나라엔 일본의 대마도를 통해 고구마가 감자보다 앞서 들어

왔다. 18세기 중엽, 고구마를 가난한 백성을 구제할 수 있는 작물로 여긴 선각자들이 대마도에서 어렵게 씨고구마를 구해 왔다. 많은 연구 끝에 고구마 재배법을 익히고 이를 널리 소개했다. 이런 노력 끝에 고구마는 19세기 이후 온 나라에 퍼졌다.

선각자들은 대마도 사람들이 부르는 대로 '고쿠이모[孝子藷/孝子芋]'라 소개했다. 이 땅에 처음 들어오는 작물이라 우리 이름이 없었기 때문이다. 일본말 '고쿠'는 '효도하는 자식'이고, '이모'는 산에 나는 '마'나 '덩이뿌리'를 이르는 말이다. 대마도는 척박하여 늘 곡식이 부족했다. 그런데 고구마는 소출이 다른 작물의 몇 배나 되었다. 그러니까 고구마는 대마도 사람들을 먹여 살리는 귀한 작물이다. 고구마를 심으면 배를 곯지 않아도 되었다. 그래서 '부모를 지극히 봉양하는 효자와 같은 작물고쿠이모'이란 이름이 붙은 것이다.

외국어가 들어오면 나라사람들은 우리말로 바꾼다. 글줄깨나 아는 양반들은 '저藷/芋'를 우리말 '마'로 바꾸었다. 그래서 '고구마'가 되었다. 그러나 일본말 '고쿠'를 떼어 내지 못했다. 이 땅의 민중들은 더 적극적으로 우리말로 바꾸었다. 생김새나 쓰임새에서 닮은 점이 많고 비슷한 시기 북쪽에서 들어온 '감저甘藷'와 동일시했다. 그래서 민중들은 '감저'라 불렀고, 이 '감저'는 세월 따라 변하여 '감자'가 되었다.

'감자甘藷'는 고구마보다 조금 늦은 시기인 19세기 초 만주에서 들어왔다. 평안도와 함경도 지방에서 재배되다 전국으로 퍼져 갔다. 그런데 '고구마'를 '감자'로 부르게 되자 문제가 생겼다. 그냥 감자로는 고구마와 구분이 되지 않았다. 그래서 민중들은 일본에서 먼저 들어온 감자는 '남감자南藷: 일본에서 들어온 감자'나 '감자'라고 불렀고, 나중에 만주에서 온 것은 '북감자北藷'나 '하지감자夏至甘藷' 따위로 불렀다.

따라서 예전에 쓴 '감자'는 지금의 '고구마'를 이르는 말이다. 예전에는 전국에서 '감자'라 하였는데, 경기와 서울 지역의 양반들은 '고구마'란 말을 썼다. 백성의 말은 기록되지 않고 양반의 말은 기록에 남았다. 그래서 지금은 고구마가 표준어가 되고, 감자라고 하면 예전의 '북감자', '하지감자'를 이르게 되었다,

내 어릴 적엔 고구마가 무슨 말인지 몰랐다. 감자와 보리감자만 알았다. 충청도 사람들은 둘 다 감자라 불렀다. 두 감자를 구분할 때에만 달리 불렀다. 충청도의 고구마는 '갈감자'다. 가을에 캐기 때문이다. 감자는 '여름감자'다. '하짓감자'다. '보리감자'다. 보리가 익는 하지에 캐기 때문이다. 그때는 여름이기 때문이다.

엊그제 가을비가 풍성히도 내렸다, 그 빗물만큼이나 가을이 무르익고 가을감자고구마가 토실토실 영글어 간다. 이번 주말 들길에 나서 나는 갈감자 한 상자 들여 놓을 거다. 어릴 적으로 돌아가 깊어지는 가을밤, 여러 날의 새참으로 삼아 볼 거다.

옜다, 쑥떡이나 먹어라

감자 먹어라, 엿 먹어라

지역에 따라 말은 다르다. 교통 통신이 단절된 옛 시절의 말은 더욱 그랬다. 그래서 남도 사람과 북도 사람이 만나면 말이 통하지 않았다. 예전의 일화 하나를 보자.

해방 시절, 함경도 사람과 경상도 사람이 서울 설렁탕집에서 만났다. 설렁탕이 귀하던 시절이었다. 함경도 사람은 설렁탕이 낯설다. 설렁탕이 나오자 경상도 사람이 고춧가루를 한 술 설렁탕에 집어 넣는다. 함경도 사람은 고춧가루를 모른다. 날씨가 매운 북쪽엔 고추 농사가 없다. 그 붉은 가루가 무엇인지 궁금한 함경도 사람이 고춧가루를 가리키며 묻는다.

"이거이 무시기?"이것이 무엇인가요?
'무시기'를 모르는 경상도 사람이 고개를 든다.

"무시기 머꼬?" 무시기가 무엇인가요?

'머꼬'를 모르는 함경도 사람,

"머꼬이 무시기?" 머꼬가 무엇인가요?

답답하다. '무엇이냐'를 함경도에서는 '무시기', 경상도에서는 '머꼬'라 한다. 같은 말을 두고 '무엇이 무엇이냐?' 되물으며 고개를 갸웃거린다.

네이버 질문란에서 우연히 '쑥떡'을 발견했다. 누군가 '쑥떡 먹어라'라는 말을 쓰는데 이게 무슨 뜻이냐 물었다. 다른 질문에는 주르륵 댓글이 달렸는데, 1년이 지난 이 쑥떡엔 아무도 답이 없다.

충청도에 '쑥떡'이 잘 팔리던 시절이 있었다. 세상이 혼란하면 말도 거칠어진다. 일제의 강점과 전쟁이 쓸고 간 세상엔 폐허가 나부꼈다. 먹고 살기가 팍팍했다. 곳간에서 인심 나는 법인데, 곳간이 비고 뱃구레가 등에 붙은 사람들은 여유가 없었다. 그래서 입도 거칠어졌다. 맘에 들지 않는 사람을 만나면 때 없이 '쑥떡'을 날렸다.

"옜다, **쑥떡**이나 먹어라."

"낮짝배기다 들이대구 **쑥떡**을 멕였더니 그 눔 얼굴이 벌거지더먼."

어른도 아이도 왼손바닥으로 오른손 주먹을 감싸 쥐었다

간 들이밀었다. '쑥떡'은 남자의 성기를 빗댄 말이다. 그래서 쑥떡을 먹이는 것은 상대에게 욕을 보이는 짓이다. 손짓과 어우러져 쌍욕이 되는 충청도의 '쑥떡 먹어라'. 이를 서울 경기지역에서는 '감자고구마 먹어라'라 한다. 그리고 평안도를 중심으로 한 북한에서는 '엿 먹어라'를 많이 쓴다. 충청도의 쑥가래떡도 서울의 감자도 평안도의 엿도 남자의 성기처럼 길쭉한 사물들이다. 한때 충청도에서 휘날리던 쑥떡은 서울의 감자에 밀렸다. 그리고 북한말 '엿 먹어라'가 유행하자 급격히 사라져갔다.

"쓸데없는 짓 말고 **감자**나 먹어."
"헛소리 그만하고 **엿**이나 먹어라."

시절이 좋아지면서 '감자와 엿'이 순화되었다. 꼭 성기를 뜻하는 말이 아니라, 쓸데없는 짓 하지 말라고 퉁을 주는 말이 되었다. 그런데 유독 충청도의 '쑥떡'이 사라졌다. 충청말이 힘을 잃으면서 네이버의 질문창에 답변도 없게 된 것이다.

둠벙¹과 웅덩이
살려야 할 충청말

"전남도는 친환경농업 육성 일환으로 둠벙 복원 사업을 확대하기로 했다고 16일 밝혔다. 현재 … 복원이 가능한 곳은 105곳으로 조사됐다. 둠벙¹은 전라도 방언으로…."
- 쿠키뉴스, 2009년 9월 16일자 기사 발췌

위 기사에는 '둠벙'이 전라도 방언이라 했는데, 기자가 깊이 알지 못하고 썼다. '둠벙'은 경기도 남쪽 지방에서 두루 쓰는 말이다. 다시 말하면 충청, 전라, 경상도 지방에서 쓰던 말인데, 특히 충청도 지방에서 많이 쓰였기 때문에 보통 충청도 방언으로 통한다.

'둠벙'은 순우리말로 적은 물이 고여 있는 웅덩이나 못, 늪을 뜻하는 말이다. 이 말은 여러 지방에 두루 쓰였지만 서울말을 중심으로 표준어를 정하다 보니 사투리가 되고 말았다. 학자들이 표준어를 정할 때 둠벙의 뜻을 정확히 알지 못했나 보다. 지금 국어사전을 뒤적여 보면 '둠벙'은 웅덩이의 충청 사투리라고 풀이되어 있다. 참 무식한(?) 풀이다.

표준어를 정하는 원칙은 크게 이러하다. 현재 사용하는 서울말을 기준으로 한다가 그 첫째고, 서울에 없는 지방말은 표준말로 삼는다는 것이 둘째다. '둠벙'이 표준말이 될 수 있느냐 없느냐는 서울말에 둠벙과 동일한 낱말이 있느냐 하는 것이다.

'둠벙'이 '웅덩이'의 사투리가 되려면 둠벙과 웅덩이의 뜻이 같아서 서로 바꾸어 쓸 수 있어야 하는데 실제는 그렇지 않다. 그리고 충청도에는 이미 웅덩이에 대응하는 '웅뎅이'가 있다. 그러니까 충청도에서 '웅뎅이'와 '둠벙'은 전혀 다른 말이다.

'웅덩이'는 구덩이에 물이 고여 있거나, 물이 고일 수 있는 곳을 이르는 말이다. 보통 비가 오면 물이 고여 있다가 가물으면 물이 말라 버리는 곳이 웅덩이다. 물이 있을 경우도 있지만 말라서 없을 경우도 있는 것이다.

이에 반해 '둠벙은 늘 물이 고여 있는 못을 뜻하는 말이다. 비가 오면 가득 차서 못이 되고, 오래 가물어도 물이 마르지 않는다. 바닥에는 가뭄에도 솟아나는 물길이 있기 때문이다. 늘 물이 마르지 않아 못이나 늪이 되어 많은 물고기와 수생 식물의 삶터가 돼 주는 것이 '둠벙'이다. 따라서 둠벙과 웅덩이는 서로 다른 말이다. 당연히 둠벙은 앞으로 표준어가 되어 국어사전에 올라갈 자격과 품위를 가진 말이다.

　'둠벙'이 국어사전에서 사라지고, 아이들의 교과서에서
는 충청도 사투리라 풀이되는 수난을 당하고 있다. 그러나
이 둠벙은 지금도 곳곳에서 사람들의 사랑을 받고 있다. 수
많은 이들의 입에 오르내리는 것이다. 생각해 보자. 무슨
연淵, 무슨 호湖, 무슨 지池, 무슨 댐 따위의 외래어보다야
무슨 못, 무슨 늪, 무슨 방죽, 무슨 둠벙이 더 살갑지 않는
가. 나이 드신 분이라면 친구들과 '둠벙'에서 둠벙둠벙 멱
을 감던 어릴 적을 그려보고, 아직 '둠벙'이 낯선 아이들이
'둠벙!'하고 말하노라면 머지않아 '둠벙'은 국어사전에도
오르고, 우리 곁에 늘 살아 뛰놀 것이다.

1 둠벙 : '둠벙'의 다른 말은 '툼벙'이다. 대체로 차령산맥 이북 지역에서는 '툼벙'
을 많이 쓰고, 차령산맥 이남 지역에서는 '둠벙'을 많이 쓴다.

당나뭇들과 스낭뎅이

차령산맥의 안자락이 내 고향이다. 산과 함께 늙으신 엄니가 거기 살고 주말이면 나는 거길 간다. 예산읍을 떠난 차가 산자락 사이를 달린다. 아내가 문득 손가락을 쳐든다.

"앗, 나 내일 저쪽 동네로 일 나가. 장복실이란 동넨데 그 동네가 정확히 어디지?"

아내는 사회복지사다. 홀로 늙으신 분들이나 거동이 불편한 분들을 찾아다닌다. 예산군 대술면 장복리. 아내의 손가락이 가리키는 그 곳은 차령산맥이 서쪽으로 밀려 가는 산자락이다. 조그만 집들이 모여 옹기종기 동네를 이루고, 봉수산에서 흘러내리는 계곡 앞으로 조그만 들판이 펼쳐졌다.

"이, 저 안쪽 동네가 장복실이구, 그 앞쪽 동네가 당나뭇 들이여."

"당나뭇들?"

"이, 예전이 저기에 큰 당나무가 있었댜. 그리서 들판 이름이 당나뭇들이 되구 동네 이름두 그렇기 된 겨."

"당나무가 뭔 나무야? 창호지 한지 만드는 그 닥나무야?"

"아니, 옛날 충청도 사람덜은 성황당을 지키넌 큰 나무를 당나무라구 힜어. 당집을 지키넌 나무. 그러니께 동네를 지키넌 신성한 나무가 당나무여."

아내의 물음에 답하는 동안 나는 상념에 빠진다. 세월이 참 빠르다. 10년이면 강산이 변한다 했는데 돌아보면 어느 곳에도 옛 흔적은 없다. 1970년대, 나는 30분을 걸어 당나뭇들에 있는 장복초등학교에 다녔다. 그땐 자갈돌이 무성한 돌밭들이 넓게 이어졌다. 온통 보리밭과 뽕밭이 노란 이삭과 푸른 가지를 펼쳤다. 당집堂-은 해방 전에 사라지고, 한국 전쟁 때까지 서 있었다는 당나무를 나는 보지 못했다. 급변하는 시대에 밀려 당나무는 말라죽고, 경지 정리된 그곳엔 지금 벼들이 누런 옷자락을 펼치고 있다. 그리고 이젠 이름도 희미해져 가는 이름 당나뭇들.

"아니, 근데 성황당을 지키는 나무면 성황당나무라고 해야지, 왜 당나무래?"

아내가 내 상념을 깬다. 아내에겐 당나무가 중요하지 않

다. 그저 내일 찾아가야 할 장복실이란 동네가 알고 싶을
뿐이다. 그러니 고리짝 같은 옛날로 빠져드는 내가 반갑지
않다. 왜 하필 당나무냐 묻는 것은 그 답변을 해달란 얘기
가 아니라 쓸데없는 얘기는 그만하란 짜증이다. 나는 덜 깬
상념에 붙들린 채 중얼거린다.

　"충청도에 성황당이 오딨어? 이전 충청도에 있었던 건
스낭뎅이여."

냐모리와 녈모리

충청 남부말과 북부말의 차이

충청말은 다 같은 것 같지만 곰곰이 살펴보면 차이가 있다. 충북의 말과 충남의 말은 꽤 차이가 크다. 천안·세종과 증평·청주는 충남과 충북으로 행정 구역이 다르지만 인접하여 차이가 거의 없다. 이와 달리 충주·제천은 같은 충북이지만 청주말과는 확연히 다르다. 충남말도 마찬가지다. 서북부의 서산·당진말과 남서부의 서천·논산말은 차이가 크다.

대체로 충남말은 차령산맥을 중심으로 북부 지역과 남부 지역의 차이가 드러난다. 가장 큰 차이는 '허다'와 '하다'에서 살펴볼 수 있다. 충남 북부에서는 전국에서 유일하게 '하다'를 거의 쓰지 않는다. 물론 충남 남부와 전라도 지역에서도 '허다'를 꽤 쓰지만, 이는 '하다'를 중심으로 '허다'가 일부 사용되는 정도다. 그래서 '허다'만 고집하는 사람이라면 충남 북부 사람이다. '하다'를 섞어 쓰면 충남 남부 사람이

209

다. 일례로 충남 남부 사람이 '쟈는 일을 참 잘 햐!'라고 할 때 북부 사람은 '쟈는 일을 참 잘 혀!'라고 하는 식이다.

얼마 전 천안에서 전화가 왔다. 80대의 어르신이다. 논산 연무대에서 나고 자랐단다. 고향을 떠나 당진의 전곡리라는 시골동네서 30년 동안 목회를 했단다. 처음 당진에 왔을 때는 논산에서는 쓰지 않는 말을 많이 듣고 놀랐다고 한다. 당진 사람들은 생각이 좀 모자란 사람을 놀려 '시절'이라 부르고, 모자란 행동을 하면 '시절 핀다'라고 하더란다. 더 심할 때는 '쩠다'라고 하더란다. 당진에서 살아 보니 같은 충남인데도 말이 참 다르더란다. 그 가운데 '녈모리'가 또 특별했단다. 논산에서는 '냘모리'라 하는데 당진 사람들은 다들 '녈모리'라 하더란다.

'냘모리, 녈모리'는 '모레'의 충남말이다. 오늘의 다음다음날이다. '냘'은 '니알'의 준말이고, '녈'은 '니얼'의 준말이다. 이들은 한자말 '내일來日'에서 생긴 말로 오늘의 다음날이다. 충남 남부에서는 '햐'처럼 '니알'을 쓰고, 북부에서는 '혀'처럼 '니얼'을 쓴다. '모리'는 '모레'의 충남말이다. 충남에서는 '모리'를 단독으로 쓰지 않고 '니알, 니얼'을 붙여 쓴다. 그래서 충남 남부 지역에서는 '니알모리, 냘모리'가 되고, 북부지역에서는 '니얼모리, 녈모리'가 되었다.

- '내 **니얄모린** 시간이 안 뒹께 담이 봐.' 내가 모레는 시간이 안 되니까 다음에 봐. - 충남 남부말

- '내 **니열모린** 시간 많으니께 암제나 만나.' 내가 모레는 시간이 많으니까 그날 아무 때나 만나. - 충남 북부말

겉절이와 얼절이
같으면서 다른 말

채소를 씻던 아내가 불쑥 묻는다.

"겉절이하고 얼절이가 어떻게 다른 거야?"

머릿속에 물음표가 찍힌다. 그게 어떻게 다른 말이지? 잠시 머뭇거리다가

"이, 겉절이는 겉만 절인 거구 얼절이는 얼핏 절인 거여."

아내가 다시 묻는다.

"그니까 겉만 절인 거하고 얼핏 절인 거하고의 차이가 뭐야?"

나는 망설임 없이 대답한다.

"이, 그게 서울 아이들이 학교 다니는 거하고, 충청도 애덜이 핵겨 댕기넌 차이여."

"응, 그렇구먼."

아내가 다시 채소를 씻는다.

212

엊그제는 어느 분이 내 블로그에 놀러 왔다. 홍성에서 나고 자라고, 어른이 되어 도회지에 터를 잡으신 분이란다. 이런저런 추억담을 풀어주시고, 맨 뒤쪽에 혼잣말처럼 질문 하나를 남긴다.

"… 또 다른 제 머릿속 기억은 '겉절이'를 어르신들이 '얼절이'라고 했던 기억이 나는데 이것이 충청도 방언인지 아님 제가 너무 어려서 왜곡된 기억인지 모르겠네요. 충청도…. 그리워요."

겉절이와 얼절이는 같은 말이면서 다른 말이다. 겉절이는 '겉+절이', 얼절이는 '얼+절이'다. '절이'는 채소나 생선에 소금을 뿌려 간이 배도록 한 음식이다. 말 그대로 '겉절이'는 겉에만 간이 배도록 살짝 소금을 뿌린 것이다. 이에 비해 '얼절이'는 얼핏 절인 것이다. '얼'은 '슬쩍, 옅게'의 뜻을 가진 말이다. 간이 겉만 배도록 소금 간을 옅게 한 것이다. 생선에 소금 간을 살짝 한 것을 충청도 사람들은 얼간했다고 했다. 이 '얼간'은 요즘도 흔히 밥상에 오르는 '얼간고등어'에 생생하게 살아 있다. 결국 겉절이나 얼절이나 채소를 살짝 절여 만든 음식이 된다. 같은 음식을 두고 부르는 이름이 둘인 것이다. 그래서 뜻은 같지만 말의 근원은 서로 다르다. '겉'과 '얼'은 엄연히 다른 말이니까.

나는 어릴 적 충청도를 추억하는 그 분을 위해 정성껏 답글을 쓴다.

"겉만 절인 거나 얼핏 절인 거나 그게 그거겠죠? 예전 충청도에서는 '얼절이'라 썼는데요, 지금은 표준어화가 크게 진행되어 '겉절이'가 되었어요. 그러니까 '얼절이'는 표준어 '겉절이'의 충남 방언이랍니다."

강원도와 강안도

'행정지명'의 충청말

취직 공부를 하던 아들이 집에 왔다. 어른들은 예전에 비해 살기가 퍽 좋아졌다고들 하는데 젊은이들은 어렵다. 취직이 어렵고 내 집 마련이 어렵다. 결혼이 어렵고 아이를 낳고 기르기가 어렵다. 아무튼 아들을 데리고 시골 엄니를 찾아간다. 홀로 구순을 바라보는 울 엄니는 주말이나 돼야 한 번 찾아오는 아들 내외를 손꼽는다. 오늘은 손주까지 덤으로 맞은 엄니 얼굴이 곱빼기로 환하다.

우리가 찾아가면 엄니는 지난 한 주일 준비해 놓은 이야기보따리를 풀어 놓는다. 엊그젠 어디가 아팠다고, 이웃에는 무슨 일이 있었다고. 오늘도 엄니는 묻지 않은 누이의 안부부터 전한다.

"느이 누나는 이번 주이 강안도 간댜."

"강안도유?"

"이, 애덜 데꾸 놀러가서 자구 온댜."

문득 뒤를 본다. 거기 아들이 할머니의 얘기에 귀 기울이고 있다. 돌이 지날 무렵 아이는 1년 남짓 할머니 손에 컸다. 막 말을 시작하던 시기였다. 이에 아이는 표준어보다 먼저 할머니의 '탑새기티끌'를 배우고 '끈냉이끈'를 익혔다. 그 탓인지 지금도 밖에서는 표준어를 쓰다가도 할머니 앞에서는 곧잘 충청말을 쓴다. 그렇지만 할머니의 젊었을 적 충청말까지는 알지 못한다. 내가 아이에게 묻는다.

"너 강안도가 오딘지 물르지?"

"예."

"강안도는 강원도여. 예전이 충청도선 강원도를 강안도라구 힜어."

"그류?"

엄니의 이야기보따리는 크다. 그러나 재미는 없다. 늘 그게 그거다. 지난주에 있었던 몇 마디 새로운 사실을 빼고 나면 매번 곱삶는 얘기다. 그래도 나는 열심히 듣는다. 말끝마다 '아, 그류? 이, 그맀구먼유.' 장단을 맞춘다. 그렇지만 속으로는 딴 생각을 한다.

예전에는 각 지역의 이름이 지금과 달랐다. 나는 '서울'이라 쓰는데 엄니는 '설'이라 썼다. 나는 '강원도'인데 이웃 아줌니들은 '강안도'라 썼다. 어떤 할머니는 '경상도'를 '정상도'라 썼다. 전라도는 당연히 '즐라도'였고, 서울 '제사'가 충청도에 오면 '지사'가 되듯이 '제주도'는 당연히 '지주도'였다.

나는 학교에 다니며 열심히 표준어를 익혔다. 그리고 어디서든 유창하게 표준어를 구사할 줄 알게 되었다. 그러나 엄니 앞에만 서면, 동네 어른들 앞에만 서면 충청도 말이 먼저 튀어나왔다. 그것을 닮아 아이도 할머니 앞에서는 충청도 말을 쓴다. 우리네 삶이란 그런 것이다. 껍데기는 바뀌어도 알맹이는 쉬 바뀌지 않는 법이다.

생여와 생에

'상여(喪輿)'의 충청말

산과 산 사이 마을이 있었다. 집들은 산을 등지고 진을 쳤다. 돌담과 돌담으로 이어진 동네는 산골짜기를 두르고, 보이는 것은 온통 보리밭과 뽕나무밭이었다. 아주 너른 평야 지역이 아니라면 논밭 가운데에는 누구도 집을 짓지 않았다.

일철이면 집 앞에 펼쳐진 논밭에서 일을 했고, 겨울이면 집 뒤로 이어진 산에서 나무를 했다. 산을 끼고 마을이 형성되다 보니 마을의 대소사가 산과 함께 이루어졌다. 특히 장례문화는 산과 각별했고, 사람들의 왕래에서 벗어난 산 밑에는 으레 상엿집이 있었다.

사람이 숨을 거두면 상엿집 문이 열렸다. 상엿집 안에는 조립식 상여가 분해된 채 가지런히 놓여 있었다. 산역山役에 쓰이는 삽이며 괭이며, 장례에 필요한 물품들이 쌓여 있었다. 사람들은 상여를 가져와 조립했다. 관을 올린 길고도

218

무거운 장대며, 울긋불긋 채색된 뚜껑이 레고처럼 척척 맞아들었다. 아이들은 그 신기한 구경을 놓치지 않고 몰려들었다. 망자를 태우고 저승으로 돌아갈 상여는 그렇게 화려하게 꾸며졌다. 상여는 상하 귀천을 따지지 않고 공평했다. 가난한 사람도 천석꾼도 동네 사람이라면 누구나 같은 상여를 타고 돌아갔다. 아이들은 상엿집 옆을 지날 때마다 두려움에 몸을 움츠렸다. 짙은 밤이라면 더욱 그랬다. 어둠보다 더 캄캄한 상엿집이 눈을 부릅뜨고, 떠도는 혼백이 날개를 펴고 달려들었다.

오랜 세월이 흐른 것도 아닌데 세상은 참 많이 변했다. 1970년대까지만 해도 꽃상여는 귀했다. 화장火葬은 상상도 하지 못했다. 마을도 상여도 사뭇 달랐다. 그리 오래 전의 세상도 아닌데 산업화와 도시화 속에 까맣게 지워져 가는 풍경이다.

"**생여** 을르넌디² 귀경 안 가남?"상여놀이 하는데 구경 안 가는가?
"시방 **생여** 을르넌 게 오딨어?"지금 상여놀이 하는 게 어디 있어?
"**생에집**은 산 밑이다 짓구 그맀어. 암체두 동네 안이는 그르니께 뱎이다 졌지." 상엿집은 산 밑에다 짓고 그랬어. 아무래도 동네 안에는 좋지 않으니까 동네 밖에다 지었지.

충청도에서는 '상여'를 '생여'라 한다. 이는 입을 많이 벌려야 하는 '상여'보다 말하기 쉽기 때문이다. 차령산맥 남쪽에서는 '생에'라고 쓰는 사람들이 많아진다. '생에'는 입을 아주 조금만 움직여도 된다. '상엿집'은 충청도에 와 '생여집'이 되고 '생에집'이 되었다.

---

2 생여올르기 : 충청도 장례의식 가운데 하나. 출상出喪 전날 밤 빈 상여를 메고 풍악을 울리면서 마을을 돌아다니는 일로, 소리꾼과 상여꾼들이 소리와 발을 맞추어 보며 상주喪主를 위로하는 의식.

쌀뜸물, 보리뜸물

"그전인 **뜬물** 하나 안 버렸어. 그거 구정물통이다 모대냈
다가 돼지 주구 소 주구 그맀지. 그러구 멩일 같은 때 나
오넌 쌀**뜸물**은 국 끓이넌디 쓰구 그맀어." 예전에는 뜨물을 전
혀 안 버렸어. 그거 뜨물통에다 모아놨다가 돼지 주고 그랬어. 그리고 명
절 같은 때 나오는 쌀뜨물은 국 끓이는데 이용하고 그랬어.

지금 이 땅엔 세 세대가 산다. 돌아보면 참 배고팠던 시
절이 있었다. 일제 강점기와 전쟁과 가난이 가득하던 시절
이 있었다. 주린 배가 등짝이 달라붙던 시절을 살아 온 이
들은 노년의 어른들이다. 보릿고개가 아득하던 1960년대
이전을 살아온 이들에게 쌀뜸물이나 보리뜸물은 낯설지
않다.

1960~70년대는 나라 살림이 빠르게 성장하던 시기였
다. 그 시절을 보낸 이들은 어린 날의 보리밥과 청년 시절

의 쌀밥을 공유하는 장년들이다. 등잔불이 전깃불로 바뀌고, 시대의 빠른 변화를 몸소 체험한 이들이다. 반대로 지금의 젊은이들은 딱히 배고픔을 모르는 이들이다. 그래서 요즘의 젊은이들에게 지난날의 배고픔을 논하는 것은 어른들의 넋두리에 그칠 수도 있다.

1970년대 이전 세상은 온통 보리밭이었다. 너른 들에는 벼가 자라기도 했지만 쌀밥을 먹는 사람은 흔치 않았다. 방앗간도 보리방아를 찧었지 쌀방아를 찧는 일은 드물었다. 쌀밥 얘기는 그저 배부른 소리였다. 보리밥이라도 배불리 먹으면 아름다운 세상이었다. 그래서 그때의 '뜸물'은 '보리뜸물'이었다. 보리쌀은 딱딱하고 거칠었다. 씻고 남은 보리뜸물도 곱지 않았다. 사람이 먹을 것이 못 되는 거무죽죽한 보리뜸물은 구정물통뜨물통에 쌓였다가 돼지의 먹이가 되거나 쇠죽을 쑤는데 쓰였다. 반대로 '쌀뜸물'은 곱고 부드러웠다. 하얀 쌀에서는 뽀얀 뜸물이 나왔다. 명절에나 씻어볼 수 있던 쌀, 쌀뜸물은 버려지지 않았다. 무를 썰어 넣어 끓이면 구수한 무숫국이 되고 된장국을 끓이면 그렇게 맛났다.

'뜸물'은 '뜨다'에 '물'이 붙은 말이다. 보리쌀을 씻을 때 나오는 거무스름한 물, 쌀을 씻을 때 하얗게 떠오르는 물을 뜻한다. 표준어는 '뜨물'이다. 충청도는 서울과 가깝다 보니 더러 '뜨물'이라 쓰는 사람이 있는데 흔치는 않다. 그저 '뜸물'이고 '뜬물'이다. 경상도나 전라도도 '뜬물'이고 '뜸물'이다. 서울 사람들이 '뜨물'이라 하니 이것이 표준어가 되었지만, 사실 '뜨물'이나 '뜸물'이나 그게 그거다. 차이가 크지 않으니 어떻게 써도 이상하지 않다. 그래서 삼남 사람들은 지금도 '뜸물'이라 쓴다.

두레박은 품고 타래박은 뜨고

'두레박'과 '타래박'은 어떻게 다를까? 수도 시설이 오늘날 같지 않았던 예전에는 '새암'을 이용했다. 집집마다 '새암'을 파고 물을 떴다. 그때 물을 긷는 도구가 두레박이었고 타래박이었다.

'두레박'은 '드레'에 '박'이 붙은 말이다. 600년 전, 15세기 문헌에는 '드레박'은 안 보이고 '드레'만 나온다. '드레'는 '낮은 곳에 있는 물을 논이나 밭에 품어 올리는 농업 도구'였다. 밑바닥은 좁고 위는 넓게 만든 나무통이다. 이 '드레'에 줄을 매달아 물을 품어 올렸다. '드레'는 18세기 이후 '두레'로 바뀌고, 여기에 '바가지'를 뜻하는 '박'이 붙어 '두레박'이 되었다. 이렇게 말이 바뀌면서 '두레박'은 '논에 물을 품어 올리는 나무통'의 뜻에 '우물물을 길어 올리는 바가지'란 뜻이 더해졌다.

'타래박'은 '타래'에 '박'이 붙은 말이다. '타래'는 실이나 끈, 줄을 뭉쳐 놓은 것이니, '타래박'은 '긴 줄을 매어 물을 떠올리는 바가지'가 된다. 그렇지만 꼭 줄을 매단 것만은 아니다. 내가 살던 차령산맥의 산골짜기는 5미터 10미터씩 땅을 파도 새암물샘물이 잘 고이지 않았다. 그렇지만 고도 가 낮은 들판에서는 쉽게 물이 났다. 1~2미터만 파도 물이 고였다. 때문에 얕은 새암에는 굳이 긴 줄을 달지 않았다. 그래서 깊은 새암물을 뜨는 타래박에는 긴 줄이 달리고, 얕 은 새암물을 뜨는 타래박에는 장대를 달아 쓰기도 했다.

서울 지방에서는 '새암물'을 '우물물'이라 하고, 새암물 을 긷는 '타래박'을 '두레박'이라고 한다. 어렸을 적 나는 '태라박'이라 썼다. 친구들은 대개 '타래박'이고 썼다. 뭐 '태라박'이나 '타래박'이나 비슷하다. 나는 똑같은 충청말 이라 생각했다. 그러다가 초등학교를 졸업할 무렵 타래박 을 두레박이라 쓰는 아이들을 만났다. 당진의 친척집에 가 니 사촌들이 새암물을 길어 올리며 두레박이라고 썼다.

"아니 충청도 사람이 왜 서울말을 쓰냐?"

따졌다. 사촌들은

"두레박이 왜 서울말이여?"

되받았다.

지금도 그렇지만 내게 '두레박'은 새암물을 떠올리는 바 가지가 아니다. 충청도의 '두레박'은 논에 물을 품어 올릴 때 쓰는 바가지다. 개울물을 막거나 논가를 깊이 파 '물툼

벙작은 못'을 만들고, 그 물을 마른논에 품어 올리는 도구다. 그러니까 예전 충청도 사람들은 두레박으로는 논에 물을 대고, 타래박으로는 새암물을 길은 것이다. 서울 두레박이 충청도를 점령한 지금 나는 찌그러진 할머니의 타래박이 그립다.

"**타래박**이 오딜 갔나 혔더니 이눔이 샴 속이다 빠쳐 놨구면." 두레박이 어딜 갔나 했더니 이놈이 우물 속에 빠뜨려 놨구나.

고뿔은 들고, 강기는 걸리고

'**강기**에 걸려 된통 혼났유.' 감기에 걸려 아주 혼났어요.

'늙이 되니께 또 컬럭거리너먼. 그리기 나댕길 땐 **고뿔** 안 들게 옷 두껍게 입으라구 힜잖어.' 겨울이 되니까 또 콜록거리는구나. 그러기에 나가 돌아다닐 땐 감기 안 들게 옷을 두껍게 입으라고 했잖아.

지난주엔 고뿔이 들어왔다. 늦게까지 일하고 들어오니 자정이 넘었다. 피곤하다. 책상머리에 앉아 책을 읽는데 머리가 멍하다. 졸린 것이 아닌데 눈이 감긴다. 아픈 것이 아닌데 몸이 막 불편하다. 피곤해서 그런가? 억지로 잠을 청했다. 아침에 일어나니 코가 맹맹하다. 오늘은 토요일, 푹 쉬면 기분이 돌아올 거야. 따끈한 탕에 들어 목욕을 했다.

오후가 되니 미열이 난다. 코가 막혀 온다. 이런, 고뿔 드는 걸 모르고 샤워를 했군. 해열제를 찾는데 갑자기 불안하다. 코로나가 펄펄 나는 세상, 이거 나도 걸린 거 아닐까. 내일은 사무실에 나가야 하는데 나가야 하나 말아야 하나. 병원엘 가야 할까, 보건소에 연락을 해야 할까. 우한은커녕 중국도 못 가봤는데, 집밖에 나다니지도 않았는데, 코로나 환자는 어떻게 생겼는지도 모르는데 막연한 불안이 머릿속을 헤집는다.

월요일 출근하는 길에 해열제와 종합 감기약을 샀다. 열이 심한 것도 아니고 심하게 아픈 것은 아닌데, 사람 만나는 게 불안하다. 화요일이 되니 코에 불이 난다. 꽉 막힌 코가 시원하게 뚫리질 않는다. 수요일이 되어서야 코가 열린다. 뚫린 콧구멍으로 열이 빠져 나간다.

'고뿔'은 '감기感氣'를 이르는 순우리말이다. 코의 옛말인 '고'에 '불'이 합쳐진 말이다. 코에 불이 나 열 받치는 게 고뿔드는 거다. 그래서 예전에는 보통 '고뿔 들었다'고 했는데, 요즘은 다들 '강기 걸렸다'고 한다.

'강기'는 '감기'의 충청어식 발음이다. 충청도 사람들은 말을 편하게 한다. '감기'는 입을 다물었다가 벌려야 나는 소리지만, '강기'는 입을 다물지 않아도 난다. 다른 말들도 다 그렇다. 앞뒤 소리를 비슷한 소리로 바꾸면 발음이 쉬워진다. 이를 방언어법에서는 '변자음화'라 한다. 충청도 어법은 모든 단어에 변자음화가 적용된다. 서울 사람들이 문을 '잠글' 때 충청 사람들은 문을 '장근다'. 서울 사람들이 '간신히' 가는 길을 충청 사람들은 '갱시니' 간다. 서울 사람들이 '참견할' 때 충청 사람들은 '챙견한다'. '잠깐'이 '장깐'이고, '참기름'은 '챙기름'이 된다. '삼키는' 것은 '생키는' 게 되고, 서울이 '캄캄할' 때 충청도는 '캉캄하다'.

'고뿔'은 찬 기운이 몸에 드는 현상이다. 그래서 '들어온다'고 쓴다. 반대로 '강기'는 병이다. 병균이나 바이러스가 몸 안에 들어와 병을 일으키는 것을 '걸린다'고 한다. 그래서 고뿔은 들고, 감기는 걸리는 것이다. 말도 수상한 코로나19가 우수 절기를 가로막고 있다. 봄이 오는 마지막 길목, 고뿔 안 들게 입마개를 하자. 강기에 된통 혼나지 않게 옷을 껴입자.

청올치가 뭐래유?

'노끈'의 충청말

'할무니, **청올치**가 머래유?' 할머니, 청올치가 뭐래요?

'이, 그게 이거여. **노껭이**.' 응, 그게 이거야. 노끈.

징조할머니는 노상 노껭이노를 꽜다. 큰물이 지면 칡덩굴이 여름 산을 덮었다. 나무가 없는 산과 골짜기마다 칡덩굴들이 스멀스멀 기어다녔다. 아버지는 그 긴 칡의 팔다리를 끊어 지게에 올렸다. 바지게에서 내려진 칡덩굴은 마디마디 잘렸다. 3~40센티쯤 끊어진 칡 마디는 한 아름씩 단을 이루어 가마솥으로 들어갔다. 부엌 가득 김이 오르고, 퍼져가는 구수한 칡 내음에 나는 침을 삼켰다.

푹 삶아진 칡 줄기가 가마솥에서 나왔다. 엄니와 할머니는 익은 칡 줄기를 안마당에 펼쳐 놓고 한 나절 껍질을 벗겼다. 흑갈색으로 벗겨지는 겉껍질, 그 겉껍질을 창칼로 밀어 내면 하얀 속껍질이 드러났다. 속껍질은 한 주먹씩 묶여

230

갈무리되고, 겉껍질과 딱딱한 속 줄기가 마당에 쌓였다. 누이와 나는 멍석에 퍼질러 앉아 속줄기를 까먹었다. 하얀 듯 노르께한 속줄기 안엔 향긋한 속살이 차있었다. 먹어도 먹어도 질리지 않았다. 그래서 칡 줄기를 삶아 내는 날은 주전부리가 흔했다.

'청올치'는 '풀줄기의 속껍질을 벗겨 한 올 한 올 엮어 만든 실'이다. 한 주먹씩 묶인 칡의 하얀 속껍질은 바구니에 담겨 안방으로 들였다. 징조할머니는 그것을 당신이 시집올 때 가져온 옷궤 옆에 두었다. 그리고 여름과 가을과 겨울 동안 노껭이를 꼬았다. 8순의 징조할머니가 할 수 있는 일이 그런 것이었다. 안방 서까래 아래엔 긴 대못이 박혔다. 새총처럼 Y자로 된 나무막대기가 대롱대롱 못에 걸렸다. 방문을 열고 들어서노라면 길게 늘어진 노껭이가 먼저 반겼다.

'노'는 풀줄기를 꼬아 만든 줄이다. 서울에서는 '노끈'이 되고 충청도에서는 '노껭이노끈냉이'가 되었다. 나무막대기에 얽힌 노껭이가 할머니 손에서 팽팽히 당겨지고, 실처럼 쪼개진 칡의 속껍질이 하나하나 이어졌다. 머리칼을 따듯 세 갈래로 촘촘하게 꼬아 가는 할머니의 손, 늙은 손끝은 쉬 메말라 노상 침을 묻혀 가며 이어낸 노껭이는 둥그런 실타래가 되었다. 그리고 1년 내 할머니가 꼬아놓은 노껭이는 왕골자리를 엮는 데 쓰였다. 당신의 방에 자리가 깔리고, 웃방과 사랑방과 아랫방에 자리가 깔리고, 제상 앞에서는 고운 돗자리가 되었다. 그 자리 위에는 식구들이 쉬고 눕고, 나는 징조할머니의 실타래처럼 둥그렇게 자랐다.

얼마 전 나는 청올치를 엮어가던 징조할머니를 추억했다. 내 얘기를 듣던 어르신도 추억으로 돌아갔다.

"그려. 이전인 물자가 원체 부족혔으니께. 그러구 산이 다 민둥산였으니께 칙넝쿨이 천지였지. 그거 끊어다 **칙노 껭이** 많이덜 꽜어." 그래. 예전에는 물자가 워낙 부족했으니까. 그리고 산이 벌거벗은 민둥산이었으까 칡덩굴이 가득했지. 그거 잘라다가 칡 노끈을 많이들 꼬았어.

고고마가 더 달에

'-네'의 색다른 말

'귤을 먹다가 고고마를 먹으니께 **고고마가 더 달에**.' 귤을 먹
다가 고구마를 먹으니까 고구마가 더 달구나.

오늘도 엄니에게 배운다. 일요일이면 엄니 품에 든다. 육
남매를 다 떠나 보내고 홀로 사시는 엄니는 손가락을 꼽는
다. 일요일은 작은 아들이 다녀가는 날이다. 구순의 세월이
꿈틀거리는, 주름진 얼굴이 웃음으로 휘날리는 날이다.

엄니는 내장탕을 끓여 내셨다. 아들이 좋아한다고 장에
나가 사오셨다. 굽은 등을 보이시곤 부진부진 당신이 가스
렌지에 불을 댕긴다. 작은 밥그릇을 두고 큰 그릇에 밥을
푼다. 주름진 당신이 내게 해 줄 수 있는 일이 그런 것이다.
엄니 마음을 흠뻑 들이킨 일요일 저녁이면 나는 맹꽁이가
된다. 둥둥 배북소리가 꺼지기도 전에 엄니는 간식을 들고
오신다. 감, 귤, 찐 고구마다. '하이고 엄니, 아들 배 터져 죽

233

어요. 들이지 마세요. 들이지 마세요.' 그런 소린 하지 않는다. 그런다고 안 들일 엄니가 아니니까.

간식 시간은 엄니의 강연을 듣는 시간이다. 쟁반에 소복한 간식을 먹는 시간이면 나는 귀를 기울인다. 엄니는 지난한 주일의 일상을 들려 준다. 실오라기 하나 놓치지 않는다. 말이 끊어지면 내가 묻는다. 내가 묻는 레퍼토리는 늘 그렇다. 엄니의 추억이다. 내 물음에 따라 엄니는 푸른 시절로 돌아가기도 하고, 아픔의 전쟁 시절로 돌아간다. 추억속으로 들어간 엄니는 옛 충청의 사투리를 길어 올린다. 나는 받아 적는다.

그런데 오늘은 추억 속으로 들어가기도 전에 잊었던 사투리를 들춰낸다. 귤을 드시던 엄니가 고구마를 입에 물고 불쑥 '달에'를 일러 주신다. '달에, 달에.' 흔히 듣던 말인데 아직 정리하지 못한 말이다. 나는 메모장에 '달에'를 적는다.

"엄니, 시큼헌 귤 먹다 감자 먹으니께 더 달쥬?" 어머니, 시큼한 귤을 먹다가 고구마를 먹으니까 더 달지요?
"이, 고고마가 더 달어졌어." 응, 고구마가 더 달아졌어.

때론 시절이 뒤바뀐다. 나는 종종 고구마를 감자라고 한다. 내 어릴 적 말이 튀어나오는 것이다. 엄니랑 얘길 나누다 보면 흔히 그렇다. 그렇지만 엄니와 내겐 상관없는 일이다. 고고마든 감자든 다 알아듣는다.

나는 돌아와 '달에'를 정리한다. '달에'는 '다네'의 충청

말이다. '달다'란 말에 종결 어미 '-네'가 붙으면 '달네'가
된다. 그런데 '달네'는 발음이 불편하다. 표준어에서는 말
하기 쉽게 '달'의 'ㄹ'를 떼어낸다. 그래서 엄니의 말을 표
준어로 바꾸면 '고구마가 더 다네'가 된다. 이에 반해 충청
말에서는 '달네'에서 'ㄴ'을 버린다. 이것 외에도 자음 받침
뒤의 'ㄴ'은 자연스레 떼 버린다. 그래서 '길이 참 머네.'는
'질이 참 멀에.'가 되고, '그것 참 좋네.'는 '그것 참 좋에.'가
된다. '달에', 엄니가 되돌려 준 내 충청말이다.

빨부리와 파이프

담뱃대의 이름

옛날이야기는 으레 '호랭이가 담배 피던 시절'로 시작된다. 이 시절은 아주 오랜 옛날이란 뜻이다. 과연 그럴까?

'담배'는 중앙아메리카 인디언의 말이다. 15세기 후반부터 16세기는 서양이 동양으로 가는 바닷길을 개척하기 위해 애쓰던 시기였다. 그 선두에 있던 인물이 콜럼버스다. 1492년 콜럼버스는 대서양을 건너다가 중앙아메리카에 도착한다. 그곳에서 황금을 찾기 위해 20여 년을 오가던 그는 담배를 발견한다. 원주민들은 마른 풀잎을 말아 불을 붙이곤 빨아들였다. 콧구멍과 입구멍에서 하얀 연기가 굴뚝처럼 피어났다. 그 풀잎을 원주민들은 '타바코'라 불렀다. 콜럼버스와 선원들은 거기서 담배를 배웠다. 그러니까 최초로 담배를 피운 서양 사람은 콜럼버스가 되는 것이다.

16세기 초, 콜럼버스는 담배 씨앗을 들고 돌아왔다. 이후 담배는 서양에 전파되었고, 원주민의 말 그대로 받아들여 '타바코'라 부르게 되었다. 16세기 후반 일본은 서양과 교역을 시작하였고, 17세기에 이르러는 서양 선교사가 중국에 드나들게 되었다. 아마도 동양을 오가는 서양 선원들에 의해 담배가 일본과 중국에 전해졌을 것이다. 이 담배가 우리나라에 널리 재배된 것은 빨라도 17세기 이후로 추정한다. 그러니까 '호랭이가 담배 피던 시절'은 길어도 400년을 넘지 않는다.

'담배'는 조선 말기 '타바코'가 '담바고, 담방구' 따위로 불리다 정착한 말이다. 조선의 양반들은 담뱃잎을 썰어 담뱃대에 담아 피웠다. 담뱃대는 크게 '담배통–설대–물부리'의 세 부분으로 이루어졌다. 그러나 이는 서울말을 기준으로 한 것이고, 충청도의 담뱃대는 '대꼬바리-설대-빨부리(빨주리)'로 되어 있다. '대꼬바리'는 '동그란 쇠붙이로 되어 담배를 담는 담뱃대의 끝부분'이고, 설대는 대나무로 된 담뱃대의 중간 부분, '빨부리'는 '연기를 빨아들이는 뾰족한 부리'다.

그런데 서양의 담뱃대는 우리의 것과 달랐다. 나무통으로 만들어진 이 담뱃대는 담뱃잎을 말거나 종이로 감싼 권련을 끼울 수 있도록 되어 있다. 이를 서양 사람들은 '파이프pipe'라 불렀다. 이 파이프는 생김새가 우리나라의 짧은 담뱃대인 '곰방대'와 비슷했고, 긴 담뱃대에서 연기를 빨아들이는 부분인 '빨부리'와 꼭 닮았다. 그리고 '빨뿌리'는

'파이프'와 소리가 비슷했다. 그래서 사람들은 서양 담뱃대를 흔히 '빨부리'라 불렀고, 이후 '빨부리'는 서양 담뱃대를 이르는 말이 되었다.

　뱃머리에 우뚝 선 마도로스캡틴외항선의 선장의 빨부리. 유엔의 대 군단을 거느린 함대의 선두에 서서, 테 굵은 선글라스에 검은 빨부리를 물고 지휘하던 맥아더 장군. 그 모습은 한때 사람들의 가슴을 일렁이게 했다.

웬 구럭을
입었다니?

느려도 황소걸음

성실한 삶의 소중성

토끼와 두꺼비가 찹쌀 한 말을 구해 인절미를 했단다. 오랜 만에 맛난 떡을 앞에 두고 보니 토끼는 꾀가 났단다.

"야, 두껍아. 우리 떡 먹기 내기허자. 한 접시씩 나눠서 세면서 빨랑 먹은 편이 나머지 떡을 다 차지허는 거여."

"잉. 것두 재밌겠네."

둘이는 인절미를 접시에 스무 개씩 올려 놓았단다. 그러고서 등을 맞대고 돌아앉아 떡먹기 시합을 시작했단다.

토끼가 떡을 먹으며 세어 나갔단다.

"냠냠 하나. 냠냠 둘. 냠냠 싯. 냠냠 닛…."

그런데 두꺼비는 무엇을 하는지 쩝쩝 먹긴 하는데 떡 먹는 수를 세지 않더란다.

토끼는 '이 녀석 떡 먹는 속도가 무지 느리구나. 굳이 빨리 먹지 않아도 이기겠군.' 생각하고 느긋하게 맛을 음미하며 먹어갔단다.

"냠냠냠 여섯, 냠냠냠 일곱."

하는데 두꺼비가 드디어 한 마디 하더란다.

"둘 다섯 먹고…."

"어쿠. 저 녀석이 벌써 열 개를 먹었구나."

맘 바빠진 토끼가 마구 먹기 시작했단다.

"냠 열싯. 냠 열넷. 냠 열다섯…."

하는데 다시 두꺼비가 한 마디 하더란다.

"쩝쩝, 다섯 넷 먹고. 다 먹었다. 저 떡은 내 꺼여."

토끼는 아주 동작이 빨랐지만 입이 작은 탓에 여러 개 떡
을 한 입에 넣고 먹는 두꺼비를 당해 내지 못했다. 두꺼비
의 큰 입을 생각지 못하고 자신의 동작 빠름만 믿었다. 참
새는 황새걸음 따르지 못한다고 한다. 영리한 사람은 꾸준
한 사람 당해 내지 못한다고 한다. 충청도 속담에 '느려도
황소걸음'이란 것이 있다. 또는 '느릿느릿 황소걸음'이라고
도 한다. 행동은 굼뜬 듯하지만 '잔머리 굴리지 않고 애쓰
는 성실함'의 소중성을 일깨우는 말이다. 어렵고 힘들다는
세상, 두꺼비나 황소같이 우직한 충청 사람을 생각한다.

갱굴 위로 피는 봄날

"어렸을 적인 요기가 **갱굴**이였어. 가재 잡구 송사리 잡구 많이 그랬지. 지끔은 시멘트루 복개히서 **갱굴**은 흔적두 읎 어."

코로나가 흐르는 세상에도 봄이 왔다. 개울가에 버들개 지 피어나고, 산과 들 벚꽃의 웃음이 흐드러졌다. 자연은 아무렇지도 않은 듯 봄볕을 만끽 중이다.

농사로 먹고 살던 시절, 갱굴은 농사의 젖줄이었다. 농군 들은 갱굴로 몰려들었다. 가뭄이 벚꽃처럼 논밭으로 쏟아 지고, 그 가뭄 위로 먼지 휘날리며 쟁기질을 했다. 못자리 판에 물을 대기 위해 또랑을 팠다. 한해 농사의 시작이 갱 굴에서 시작되었다. 그 물줄기를 따라 작물들이 파랗게 희 망을 키웠다.

갱굴은 아이들의 놀이터였다. 사내아이들은 송사리를 쫓

고 가재를 잡았다. 줄어 버린 물줄기에 텀벙텀벙 옷을 휘질러 댔다. 계집아이들은 달래를 캐고 쑥을 뜯었다. 그러다간 문득 자라나는 갱굴가의 찔레 순을 꺾어 입에 물었다.

'갱굴'은 '개울'의 충청말이다. 물과 땅이 만나는 곳을 '개'라 한다. 움푹 팬 땅을 '골/고랑'이라 한다. 그래서 '갱굴'은 '물이 흐르는 고랑'이 된다. 말은 쓰는 사람의 계층이나 지역에 따라 달라진다. 시대의 변화에 따라 옷을 갈아입는다. 같은 말이 여럿으로 갈라지기도 한다.

'갱굴'은 충청도 사람들이 가장 흔히 쓰는 말이다. 충청도에서는 비슷한 모음은 쉽게 자리를 바꾼다. 그래서 '갱골'도 흔하다. 이를 알기 쉽게 쓰는 이는 '갱고랑'이라 한다. 물론 '갱구랑'도 흔하다. 기분이 조금 꿀꿀하거나 개울물이 시원찮을 때엔 '개굴창'이라 부르기도 한다. '-창'은 더러운 물이 고인 도랑을 나타내는 말이다. 지저분한 '시궁창'처럼 말이다. 누구는 '개울창'이라 부르고, 누구는 '개구장'이라 말하기도 했다. 예전의 어르신들은 느릿느릿한 '개우쟁이'를 거닐기도 했다.

충청도의 '갱굴'에는 충청인의 추억이 깃들어 있다. 이제 '갱굴'은 사라졌다. 물룸벙작은 연못을 뛰놀던 아이들은 어른이 되고 노인이 되었다. 갱굴에 모여 살던 이들은 하나둘 떠나갔다. 농사는 뒤로 밀려나고 맑은 물줄기는 아스팔트에 묻혀갔다. 보이지 않는 것은 쉬이 잊힌다. 쓰지 않는 말은 가슴에 묻혔다가 지워진다. 추억이 되어 버린 갱굴, 그

위로 또 봄이 왔다. 돌돌돌 흐르는 갱굴물 사이로 푸른 미나리꽝이 솟아오르고, 꽃잎 붉게 태우는 갱굴갓에 또 봄날이 왔다.

웬 구럭을 입었다니?

"깨똑".

카톡이 울린다. 내 손전화는 나를 닮았다. 태생이 충청도다. 고향 뜬 친구의 핸드폰처럼 카톡카톡 깨방정을 놓지 않는다.

"구럭같다는 말은 오치기 쓰남유?"

청양의 신 시인이다. 그는 산꼬랑텡이산골 자작나무숲에서 자란 탓으로 통 충청말을 못 잊는다. 노상 하얀 자작나무처럼 거기 서 있다.

"구럭이라, 구럭!"

중얼거리다 보니 서울 망태기가 머릿속을 헤집으며 달려온다. 가는 새끼줄로 엮어 만든 바구니. 구럭과 똑같은데 서울 망태기는 맘에 안 든다.

'구럭'은 표준말이다. 충청도에서만 쓰는 말이 아니다.

경기 지방과 삼남 지방에서 널리 쓰는 말이다. 그런데 표준 국어사전 속의 '구럭'은 충청도의 '구럭'과 조금 다르다. 표준말의 구럭에는 끈냉이끈가 달리지 않았다. 어깨에 멜 수 있는 끈냉이가 달리면 망태기라 했다.

사실 따지고 보면 '구럭'과 '망태기'는 짝꿍이다. 말의 뿌리를 더듬으면 '구럭'은 우리말이고, '망태기網橐'는 한자말이니까. 암튼 충청도선 끈냉이가 달렸건 말았건 구럭은 그냥 구럭이다. 끈냉이 달린 구럭을 '망텡이'라 부르는 사람이 더러 있을 뿐이다. 그런데 이걸 몰랐는지 표준 국어사전의 구럭엔 끈냉이가 떨어져 있다.

예전 아이들은 옷이 귀했다. 새 옷 얻어 입기가 밤하늘의 별 따기였다. 추석이나 설이 되어도 보통은 면양말 한 켤레였다. 형제자매 간에는 옷의 대물림이 있었다. 아주 드물게 사온 옷은 큰형 몫이었다. 큰누나 몫이었다. 동생들은 늘 형이 입던 옷을 물려받았다. 언니가 입던 헌 옷만 입어야 했다. 형이 없었다면, 언니만 아니었다면, 동생들은 형이 밉고 언니가 꼴볐다눈꼴셨다.

형과 언니도 불만이었다. 엄마 아버지가 사온 옷은 늘 '구럭'이었다. 형의 잠바점퍼는 헐렁하고, 언니의 오바오버코트는 다리를 덮었다. 형과 언니는 맨날 '구럭'만 사다 준다고 입이 텨나오고, 동생들은 형 언니만 새 옷 사 준다구 숟가락을 집어던졌다.

그런 속에서 아이들은 장마철 쑥대마냥 자라났다. 엄마

아버지는 아이가 커나는 만큼 옷을 사 입힐 수 없었다. 동생들까지 다 챙길 수 없었다. 그래서 사뭇 큰 옷을 사 왔다. 구럭만큼 커야 맞출 수 있었다. 큰애가 쑥 자라면 작은애에게 물려 줘야 했다. 그래서 형과 언니는 구럭같이 헐렁한 새 옷을 입었고, 동생들은 몸에 맞는 헌 옷을 입었다.

충청도 사람들은 상대를 앞에 두고 흠을 뜯지 않는다. '너무 큰 옷을 입어 보기 싫구나.'라고 말하지 않는다. '웬 구럭을 입었다니?' 자연스레 비유를 쓴다. 이렇게 돌려 말하는 순간 옷이 커서 볼썽사납다는 소린지, 왜 몸에 맞지 않는 옷을 입었냐는 소린지 애매해진다. 이런 까닭에 상대의 의도를 파악하다가 화낼 기회를 놓친다. 우물쭈물하며 구럭을 둘러 입은 자신을 돌아볼 뿐이다.

충청도의 비유는 상상의 여유를 둔다. 한참 쉬어가게 한다. 때를 놓쳐 일을 그르친 친구에게 '예이, 시절아.' 한 마디 던지고, 화를 내며 삿대질할 자리에서 '이눔이 왜 여깄냐?' 개밥그릇을 걷어찬다. 말하는 이는 상대를 놀려주고 화풀이했으니 그만이다. 듣는 이는 직접 화살이 날아오지 않으니 허허 뒤꼭지를 긁을 뿐이다.

충청도의 '구럭'은 쉬이 주저앉는다. 새끼로 엮은 커다란 구럭이 주저앉으면 참 볼품없다. 옷이 '구럭 같다'란 그런 말이다. 구럭 같은 새 옷을 입고, 헌 옷을 물려받으며 자란 이들이 충청의 어르신들이다. 1980년대 비료푸대며 마대자루에 사라진 구럭, 오랜만에 떠올리는 구럭의 추억이다.

찻질 댕길 땐 가생이루

"갓잽이라고 했더니 틀렸다고 하더라고."
"먼 소리랴?"
"아까 퀴즈 풀 때 말야,"

　한글날 아침, 아내와 함께 대전엘 갔다. 대전일보사에서
'한글날 기념 충청 사투리 경연대회'를 여는데 심사를 해
달란다. 대전일보사에 도착하니 1층에 대회장이 마련돼 있
다. 조촐하다. 매년 한글날마다 사투리 경연대회를 성대히
열어 충청의 정체성을 확보하겠다고 기획한 것이란다. 그
런데 첫 출범에 코로나에 막혔다. 수많은 관객과 참가자들
이 어우러지는 축제의 장을 꿈꾸었던 대회장은 추수 끝난
들판처럼 허전했다.
　대회 참가자들은 예선을 거쳐 올라온 분들이다. 이들 7팀
이 경연을 하는 도중과 경연 심사를 하는 동안에 충청 사투리

퀴즈가 나왔다. 참가자의 가족과 지인들로 이루어진 20여 명의 관객을 대상으로 하는 퀴즈였다. 단상 화면에 예문이 뜨고, 진행자가 문제를 설명하면 그에 맞는 충청 사투리를 맞추는 식이었다.

'찻질을 댕길 때넌 우염허니께 ( )루 댕기더락 혀.'

'가운데루 댕기야지, 왜 들구 ( )루만 댕기넌 겨?'

"자, 저 괄호 안에 들어갈 충청말은 무엇일까요? 참고로 저것은 표준어 '가장자리'에 대응하는 말입니다. 세 자로 된 말입니다"

아내가 손을 번쩍 들었다.

"갓잽이."

"갓잽이요? 아, 틀렸습니다. 아 저쪽 분이 또 손을 드셨네요."

"가생이."

"네, 맞췄습니다. 축하합니다."

이래서 아내는 틀리고, 선물은 다른 분에게 돌아갔다.

"아니, 갓잽이가 왜 틀린 거야? 가생이나 갓잽이나 똑같은 건데?"

대회가 끝나고 돌아오는 길에 아내는 투덜거렸다.

나는 표준어 '가장자리'에 해당하는 3자의 충청말을 생각했다. '가생이, 갓잽이, 갓편짝'이 떠올랐다. '가생이'는 충청 지방에서 가장 널리 쓰는 말이다. 충청도뿐만 아니라 전라도 경상도에서도 흔히 쓴다. '갓잽이'도 충청도와 전라도에서 널리 쓰이는 말이다. 특히 아내의 친정 동네에 가면 '가생이'보다 '갓잽이'란 말을 더 쓴다. 이는 '사물이나 길의 바깥쪽'을 이르는 말이다. 또 다른 말에는 '갓편짝'이 있다. 표준어식으로 바꾸면 '갓편쪽'이 된다. 물건이나 길의 가장자리를 이르는 말로, 내 할머니와 엄니가 자주 쓰던 말이다.

진행자가 충청말 '갓잽이'를 몰랐던 모양이다. 아니, 답안이 '가생이'로 되어 있으니 그에 맞춘 것인지도 모른다. 나는 아내가 선물을 못 받아 서운했나 보다 하며 대답했다.

"암체두 충청도선 가생이를 질 많이 쓰니께 그런 걸 겨."

"그래도 다른 문제 하나 맞췄다."

아내의 손끝에 걸린 상품권 한 장이 환하게 웃었다.

고시랑을 곱삶다

"마누라쟁이 **곱삶년** 소리가 듣기 싫다구 허넌디, 영감쟁이가 **곱삶으믄** 더 환장혀."

며칠 전 동네 할머니의 이야기를 듣다가 귀가 번쩍한다. 곱삶는 소리? 이게 표준어야, 충청도 사투리야? 고민이다. 표준 국어사전을 검색해 보니 표준어다. '곱'은 두 배培를 이르는 우리말이고, '삶는 것'은 물속에 음식물이나 빨래 따위를 넣고 끓이는 것이다. 그래서 표준 국어사전에서 '두 번 삶다'로 풀이했다.

다시 고민이다. 표준어 '곱삶다'를 몰라서 국어사전을 펼친 게 아니기 때문이다. 보통 충청 사람들이 '곱삶는 것'은 음식물을 두 번 끓이는 게 아니라, 앞서 한 말을 하고 또 하는 것이기 때문이다. 모양은 하나인데 뜻이 다르다. 한 번 삶는 것도 어려운데 곱삶는 일은 더 어렵다. 잔소리는 한 번 듣는 것도 싫고 여러 번 하면 짜증이 난다. 그렇게 충청도의 '곱삶다'는 '잔소리'와 이어진다. 한 말 또 하고 또 하고 되풀이할 때, 충청 사람들은 두 말을 합쳐 '잔소릴 곱삶는다'고 한다.

이것은 고급 화법이다. 충청 사람들은 비유어를 잘 쓰고, 직설보다는 돌려 말하기를 좋아한다. 그래서 말이 적어도 풍성하고 여유롭다. 나는 고민 끝에 '곱삶다'를 표준어가 아닌 말로 정리해 '충청말사전'에 싣기로 한다.

'곱삶다 - 듣기 싫도록 한 말을 여러 번 되풀이함을 이르는 충남말.'

"한 번 했으면 그만 해. 누가 좋아한다고 계속 **고시랑파는 겨?**"

그날 저녁 나는 아내에게 한 마디 들었다. 내가 잔소리가 심하다는 거다. 한 소리 하고 또 하고 듣기 싫어 죽겠단다. 그런데 나는 아내의 투덜거림이 들리지 않는다. 아내가 한 '고시랑판다'는 말에 빠진 것이다. '고시랑'은 불만스런 말투로 같은 소릴 중얼거리는 거다. 그래서 고시랑은 어디에서도 환영받지 못한다.

표준어에서는 같은 소리를 듣기 싫게 되풀이하는 짓을 '고시랑거린다'고 한다. 이는 충청도에서도 흔히 쓰는 말이다. 그런데, 충청 사람들은 '고시랑을 파기'도 한다. '판다'는 것은 깊이를 나타내는 말이다. 정상적이라면 잔소리와 고시랑은 땅 파듯이 팔 수 있는 것이 아니다. 그런데도 충청 사람들은 고시랑을 판다. 이는 잔소리가 이어져 듣기 싫음을 땅을 파는 행위와 연결한 것이다. 이런 비유어는 의미의 깊이를 더하고 느낌을 풍요롭게 한다.

'곱삶다'와 '고시랑판다'는 모두 짜증나도록 잔소리를 해댈 때 쓰는 충청말이다. 나는 오늘 이 말을 원고에 정리해 놓고 동네 할머니를 다시 만났다.

"**고시랑파넌** 게 먼 소린지 아시쥬?"
"알지, 충청도 사람이 것두 무르남? 근디 여선 '**고시랑파넌**' 것버덤 '**곱삶넌다**' 구덜 많이 혀."

이거 한 주먹이믄 직효여!

"소 속앓이 헐 적인 양개비 한 주먹이믄 **직효여**. 일어스두 못허구 끙끙 앓다가두 쇠물 한 바께쓰믄 그 자리서 일난다니께." 소 속앓이 할 때에는 양귀비 줄기 한 주먹이면 즉효야. 일어서지도 못하고 끙끙 앓다가도 쇠죽 한 양동이면 그 자리에서 일어난다니까.

셋째아버지는 부지런했다. '핵겨가 머니께 열두 살 되믄 핵겨 가자.' 약속한 아버지가 난리통에 돌아갔다. 두 형이 전쟁통에 뛰어들었다. 할머니와 고모들 속에서 열두 살 셋째아버지는 그중 남자였다.

형들이 돌아오길 기다렸지만 전쟁은 3년이나 이어졌다. 그 긴 전쟁통에서 형들은 살아남았다. 그러나 전쟁이 끝나도 형들은 돌아오지 않았다. 국방의 58개월 의무 기간은 참 길었다.

셋째아버지는 형들 대신 일터로 나섰다. 15살에 꼴머슴살이를 시작하여 돈을 모았다. 그 돈으로 장가를 들고 집을 사고 땅을 샀다. 그 집에 아이들을 채우고 그 땅에 농사를 짓고 외양간에 소를 키웠다.

셋째아버지의 소는 복스러웠다. 외양간에는 남들보다 수북이 짚이 깔렸다. 그 푹신한 정성만큼 소가 살쪘다. 그러나 소는 가끔씩 배앓이를 했다. 입맛이 떨어졌다. 작두로 썰어 만든 거친 여물을 먹지 않았다. 쇠죽솥에 쌀겨를 두어 바가지씩 넣어 끓인 쇠죽에도 고개를 돌렸다. 외양간을 치울 때도 벌떡 일어서지 못했다.

그럴 때면 셋째아버지는 양귀비 줄기를 쇠죽에 넣었다. 6월이면 양귀비는 붉은 꽃대궁을 내밀었다. 아편의 재료가 되는 양귀비. 마약으로 분류되어 재배가 금지된 식물. 지금은 상상할 수도 없지만 야생의 양귀비가 산기슭 어느 구석에 자라나던 시절이 있었다. 대마초의 삼대들이 여기저기 자라나던 시절이 있었다.

셋째아버지는 논길을 가다가 산비탈에 꼴을 베다가 붉은 꽃대궁을 만나곤 했다. 그럴 때면 낫으로 베어 꼴짐 속에 끼웠다. 그 한줌을 헛간 처마 속에 매달았다. 그리고 한해 두어 번은 속앓이를 한다는 소에게 먹였다.

"양개비 몇 줄기믄 **직호**여. 그거 느서 끓인 죽 멕이믄 직방이루 일어슨다니께. 하룻저녁두 아녀. 담날이믄 아픈 표두 안나." 양귀비 몇 줄기면 즉효야. 그거 넣어서 끓인 쇠죽을 먹이면 직방으로 일어선다니까. 하룻저녁도 아니야. 다음날이면 표도 안 나.

'직호'는 '즉효卽效'의 충청말이다. 서울 '개똥이'가 충청

255

도에 와 '개떵이'가 된 것처럼, 서울말 '즉효'는 충청도에 와 '직효'가 되었다. 이것은 쉽게 고쳐 말하는 충청도의 말법이다. 충청 사람들은 복잡한 말을 간편하게 고쳐 쓴다. 충청말 '직호'는 '직효直效'가 변한 말이다. 배운 충청인들은 그럴 듯하게 '직효'라 쓰고, 땅과 함께 살아가는 셋째아버지는 충청도 농군답게 '직호'라 썼다.

세월은 논밭과 초가집에서 일어나 아스팔트 빌딩 위로 밀려갔다. 충청말들은 셋째아버지와 함께 허리가 굽고 미세먼지에 덮여갔다. 그리고 이제 코로나가 가득한 세상. '워쩠거나 말었거나 뭇된 눕덜헌틴 몽딩이가 직호여.' 외치던 충청인의 목소리가 그립다. 코로나를 한 방에 날려 버릴 몽딩이 하나 워디 없을까?

엄니의 사진틀

5월이다. 세월이 흐를수록 엄니는 몸도 마음도 한껏 주름진다. 겨울이면 더 그렇다. 거동이 불편한 몸이 겨우내 방안에 누워 있는 동안 더 굳어진다. 봄이 와도 쉽게 발이 떨어지지 않는다.

오랜만에 시골집에 왔다. 엄니는 작년부터 천안 누님 곁에 사신다. 요양 보호사와 누님의 도움 없이는 생활을 못 하신다. 기력은 쇠하고 맘은 약해졌다. 그런 엄니를 모시고 오늘 시골집에 왔다. 천안은 타향이다. 거기엔 엄니의 흔적이 없다. 할 일이 없다. 할 일이 없다는 것은 편히 쉴 수 있다는 의미보다는, 어쩌면 삶의 의미를 놓치는 것이다. 애착을 나눌 곳이 없어서일까? 엄니는 늘 누워 지냈다. 봄이 왔는데, 생기가 가득 세상에 휘날리는데 엄니만 생기가 없다.

엄니가 떠난 시골집엔 가끔씩 들렀다. 풀을 뽑고 청소를 했다. 그래서 조금은 쉴 만하다. 내가 시골집에 가자고 했

을 때,

　'거긴 뭐더러 간다니? 난 걷두 뭇허넌디.'

　그런 엄니였다. 나는 다른 때처럼 청소를 시작했다. 그런
데 엄니가 움직인다. 시골집은 엄니의 공간이다. 몇 발짝
떼기도 전에 주저앉던 분이 계단을 오른다. 방안을 들어가
고 저 건너 화장실을 드나든다. 그리곤 한참 동안 거실 공
간에 머문다. 거실 벽엔 사진틀 몇 개가 걸려 있다. 엄니의
흔적들이다. 엄니와 함께했던 얼굴들이다.

　엄니는 벽에 걸린 사진틀 두 장을 떼어 냈다. 영정 사진
으로 쓰겠다고 찍어 둔 당신의 얼굴이다. 10년 전 먼저 간
아버지 얼굴이다. 그리곤 아직 벽에 남은 얼굴들을 오래 바
라보고 있었다. 엄니는 이제 사진틀 두 개를 드는 일도 힘
에 벅차다. 나는 벽에 남은 엄니의 친정 형제들과 우리 형
제들의 얼굴을 떼어냈다.

　'사진틀'은 '액자'의 다른 말이다. 내 어릴 적 엄니는 그것
을 '사진깍구'라고 불렀다. 사진이 귀하던 시절, 집안 식구
들의 사진은 모여 마룻벽이나 방벽에 걸렸다. 사진들은 늘
집안을 내려다보았고, 올려다보는 거기 그리운 얼굴들이
있었다. 그 얼굴들이 가득한 '사진깍구'는 일본말이었다. 내가
자라는 동안 엄니는 일본말 '사진깍꾸-がく'를 버리고 '사진
틀'이라 불렀다.

　나는 지금도 액자額子보다는 사진틀을 좋아한다. 쉽고 친
근해서 좋다. 엄니는 이제 정리 중이다. 당신의 삶 속에 소

중했던 얼굴들을 갈무리 중이다. 나는 그 사진틀을 보자기에 싼다. 천안으로 돌아가는 길, 엄니와 함께 엄니의 형제들이, 아버지가 간다.

산내끼와 탑새기

잊혀져가는 그리움

겨울이면 아버지는 산내끼를 꼬았다. 가을걷이한 볏토매 볏단를 메로 찧고, 찌푸리기를 훑고 매만지고, 축축하게 물을 뿌렸다.

일이 없는 농한기農閑期, 아침부터 저녁까지 아버지는 산내끼를 꼬았다. 식구들이 쓰지 않는 아랫방에 불을 때고, 방안 가득 짚을 쌓아두고 산내끼만 꼬았다. 나는 어설픈 손놀림으로 따라하고, 몇 발쯤 꼬다가는 밖으로 뛰쳐나갔다. 아버지가 꼰 산내끼는 지붕 이엉을 얹는데 쓰이거나, 나뭇단을 묶는 데 쓰이곤 했다. 산내끼는 그렇게 우리와 함께했고, 농촌의 우리네 삶은 산내끼줄에 엮여진 공동체였다.

초등학교에 들어가 학교에서 배운 '새끼'라는 말은 참 낯설었다. 산업화가 빠르게 진행되던 1970년대에 산내끼는 나일론 줄로 대체되었고, 중학교에 들어갈 쯤에 나는 산내끼란 말 대신 새끼줄이란 말을 쓰고 있었다. 그러나 늘 짚

260

단을 옆에 두고 살던 아버지 앞에서는 새끼라는 말을 쓰지 못했다. 자꾸만 아버지 얼굴 보기가 미안해서 어른이 될 때까지 나는 산내끼라는 말을 버리지 못했다.

결혼을 하고, 나는 학원을 개업했다. 갓 돌 지난 아이는 데리고 일하기가 버거워 아버지, 어머니에게 보냈다.

몇 달 뒤에 아이를 데려왔다. 아장아장 걸으며 들까불던 아이가 의자에 앉아 있는 여자 선생님의 머리칼을 잡아다닌다. 선생님이 깜짝 놀라 묻는다.

"어머, 아가야. 왜 그래?"

"응. 머리 끈냉이에 탑새기 붙었어."

아이가 실오라기를 내민다. 여자 선생님이 갑자기 웃음을 터뜨린다.

"어머어머, 탑새기래, 끈냉이래. 으하하하."

나는 탑새기, 끈냉이라는 말을 들으며 어머니와 아버지를 생각했다. 탑새기는 지저분한 집안을 치우면서 어머니가 자주 쓰는 말이다. 분명 아이는 할머니의 말을 배운 것이다.

지금 그 아이가 고등학교에 다닌다. 그 아이의 머릿속에서 탑새기와 끈냉이는 벌써 지워져 버리고, 티끌이나 먼지, 끈이나 줄 따위의 말이 대신하고 있을 것이다. 그 아이의 말이 변한 것처럼 어머니의 말과 아버지의 말을 나도 잊어버리고 산다. 가장 살갑고 가장 가까이서 우리와 함께 하던 말들이 하나둘 사라지고 있다.

지금 나는 그립다. 사투리라 불리며 잊혀져 가는 고운 내 말. 그 속에 담긴 어릴 적의 기억. 스러져 가는 아버지와 어머니의 얼굴.

아버지의 빨래나무

충청말 '시척'에 대하여

- "이 사람아, 사람이 찾어왔으믄 **시척**이라두 혀 봐." 이 사람아, 사람이 찾아왔으면 본 척이라도 해 봐.

- "날 올마나 무시허넌지 보구두 **시척**두 안혀.' 날 얼마나 무시하는지 보고도 본 척도 안 해.

'시척'은 본다는 뜻을 가진 한자어 '시視'에 남을 알아보는 태도를 뜻하는 말 '척'이 붙은 걸 거야. 말 그대로 '본 척'이 되지. 이 '본 척'은 두 단어니까 '시척'에 대응하는 표준어는 없어. 우리 지역에선 '본 첵'이 '본 체'와 함께 두루 쓰였어. 그런데, 그런데, '시척'은 표준어에 없으니까, 그러니까 아무도 돌아보지 않은 거야. 남의 것 서울말만 따라가다가 나를 놓쳐버린 거야.

소외는 상처를 남겨. 소외가 길면 견디지 못하지. 우리는 서로 눈빛을 주고받을 때 건강해지는 거야. 말도 사람과 같아서 돌아보지 않으면 상처가 생겨. 오래오래 사람들의 입길을 기다리다 외로움에 지쳐 쓰러지지. 마당가에 누운 내 아버지의 빨래나무처럼.

아버지가 돌아간 지 꼭 10년이 되었다. 빨래나무는 늘 거기 있었다. 꼭 40년 동안 서 있었다. 그것은 마당가에 오래 외로운 밤나무였다. 젊은 아버지는 허벅지만한 굵기의 기둥을 마당 끝에 세웠다. 참 못 생긴 몸매였다. 산비탈 어딘가에서 팔을 뒤틀며 키웠을 저 단단한 근육. 밤나무 기둥은 마당 끝의 대추나무와 저 텃밭 감나무 옆에 섰다. 아버지는 기둥 끝에 빨랫줄을 걸었다. 그때부터 빨래나무는 빨랫줄을 마주 잡고 우리집을 지켰다. 젊은 엄니가 젖은 빨래를 걸면 팔이 아프다고 응석을 부렸다. 빨랫줄이 축 늘어졌다. 그럴 때마다 아버지는 빨랫줄에 바지랑대를 세웠다. 빨랫줄이 하늘로 솟고, 그럴 때면 빨래나무는 팽팽하게 근육을 세웠다.

꽃이 피고 떨어지고 단풍 위로 눈이 내렸다. 그럴 때마다 빨래나무는 조금씩 늙어갔다. 검게 그을린 근육들이 한 겹씩 흩어졌다. 결혼을 하고, 떨어져나가는 나무껍질처럼 우리 6형제는 엄니와 아버지 곁을 떠났다. 떠날 때마다 엄니와 아버지는 주름이 늘었다. 우물가의 세탁기는 천천히 돌아가고, 늙은 빨래나무는 할 일이 줄어들었다. 더 늙은 바지랑대는 오래 전에 허리를 꺾었다.

다시 여름이다. 10년도 더 된 그때, 아버지는 가끔씩 대추나무 그늘에 몸을 섞었다. 당신이 심은 대추나무 그늘 아래서 앞산으로 넘어가는 해를 바라보았다. 그리곤 안개 자욱한 눈빛으로 빨래나무를 더듬어 몸을 일으켰다. 그럴 때면 앙상한 빨래나무와 더 앙상한 아버지의 팔뚝이 어우러졌다.

그때가 마지막 '시척'이었다. 아버지는 빨래나무와 대추나무 사이로 돌아간 뒤 돌아오지 않았다. 아버지가 떠나자 엄니는 빨랫줄을 집안에 걸었다. 가끔씩 돌아가는 세탁기는 많은 빨래를 토하지 않았다. 빨래는 마당가로 나가지 않았고, 아무도 빨래나무를 시척하지 않았다. 그러자 시름에 젖은 빨래나무가 손을 놓았다. 서로 마주 잡았던 줄이 툭 끊어졌다. 엄니는 삭은 빨랫줄을 걷어 빨래나무에 칭칭 감아 놓았다. 앙상한 뼈대로 겨우 몸을 가누던 빨래나무는 턱목이 졸렸다. 꺽꺽 숨을 몰아쉬다가 휘청 다리를 꺾었다.

여름날의 오후처럼 비스듬히 몸을 기울인 빨래나무, 오늘 나는 빨래나무 앞에 섰다. 빨래나무는 아버지가 남긴 마지막 흔적이다. 아버지의 신던 운동화며 장화가 버려지고, 아버지의 손때처럼 녹슨 괭이며 삽들이 헛간에서 치워진 지 오래다. 한 발 다가가자 빨래나무가 한참 동안 나를 노려보았다. 팔을 내밀고 껴안자 우두둑 뿌리를 걷어 올렸다. 그 곳엔 생의 끝자락 같은 검은 흙무더기가 달려 있었다. 나는 빨래나무를 안아다가 마당 한편에 눕혔다. 아아, 앙상한 아버지의 시신 두 구.

엄니, 나 시방 애상받쳐유

'말모이 100년, 다시 쓰는 우리말사전' 편찬을 위해 조선일보가 나섰다. 문화체육관광부, 국립국어원, 한글학회와 함께 '전국우리말사전' 편찬 작업이 진행 중이다. 이에 조선일보사는 작년부터 전국사투리를 수집했다. 홈페이지 전국말모이 창에는 수많은 사투리들이 쌓였다. 참여한 분들에게는 선물이 전해졌다고 한다. 충남지역에서도 여러 분들이 참여한 모양이다. 대개 충청말에 애정을 지닌 분들이거나 충청방언사전을 편찬한 분들이거나 각 시군의 문화원 관계자들이란다. 얼핏 들리는 말로는 1,500개 정도의 충남 사투리가 올라왔단다.

지난 5월, 400개의 충남 사투리가 내게 왔다. 많은 것 가운데 추린 것이란다. 살펴 전국말모이사전에 실을 수 있도록 설명을 해달란다. 쉽게 말하면 감수를 해달란 얘기다. 그런데 흔히 알려지지 않은 말들이 많았다. 200개 정도는 잘 알고 있는 말이었지만, 나머지는 내가 모르거나 설명하지 못할 말이었다. 나는 아는 만큼 정리해 보내고, 내가 잘 모르는 말을 추렸다. 메모장에 100여 개의 말이 따로 모였다.

고민이다. 평소 이 정도 말이면 경로당 두 곳 정도 찾아가 진종일 놀다보면 끝난다. 8-90대 어르신 몇 분 만나 고시랑고시랑 옛날얘기 하다 보면 다 나온다. 다는 아니어도 절반 이상은 명확하게 판결난다. 그런데 못 간다. 코로나가 휘날리는 경로당은 금단의 땅이다. 여럿이 오래 말 섞기는 더욱 금기다.

"애상바치게 하지 말구 가만히 좀 있어유."

위 말은 누군가가 조선일보 홈페이지에 올려놓은 말이다. '속상하거나 기분이 나쁘니 그런 행동을 하지 말라는 뜻으로 이야기할 때 쓰는 말.'이라는 설명이 붙었다.

'애상바치다'는 많이 들어본 말이다. 그러나 써보지는 않은 말이다. 예산이나 홍성·서산의 어르신들은 쓰지 않는다. 그런데도 내가 이 말에 익숙한 것은 논산, 금산, 서천 친구들에게서 들어왔기 때문이다. '애상바치다'는 전라도 방언으로 알려져 있는데 충남 남부 지역에서도 흔히 쓴다. 그런데 자꾸만 신경 쓰인다. 예전에는 충남 북부 지역인 청양이나 당진, 아산에서도 쓴 말 같기 때문이다.

'애상哀傷'은 '가슴이 아프고 속상하다'는 뜻의 한자말이다. '받치다'는 '감정이 치밀어 오르는 것'을 이르는 말이다. 그러니까 '애상바치는 것'은 '속상한 감정이 훅 밀려올라오는 것'이다. 어법에 맞춰 쓰면 '애상받치다'가 정확한 것인데….

　다시 주말이다. 나는 엄니한테 달려간다. 주름진 구순 앞
에 답답한 메모장을 디민다.
　"엄니, 나 시방 애상받쳐유. 이 애상받친다넌 말 써보셨
유?"
　"아녀. 애상받친넌 게 아니구 애상나넌 겨."
　"아, 애상나넌 거. 그거 많이 들어봤넌디."
　"그려. 여기선 애상난다구 그려. 너만 보믄 내가 애상나
서 똑 죽겄어. 그렇기 쓰넌 겨."

　나는 엄니의 말을 녹음기에 적어 넣는다.
　'애상받치다 – 충남 남부 지역 방언, 애상나다 – 충남 북
부 지역 방언'.

개똥과 개떵이

"거 개똥같은 소리 그만혀."

괜한 농담하다 퉁을 맞는다. 어릴 적 '개떵이'라 놀려주던 추억을 꺼냈다가 친구에게 한 방 맞았다. 나이가 들어 불알친구를 만나면 애들이 된다. 오랜만에 만나면 함께 나눌 공통의 화제가 필요하고, 그러면 함께 뛰놀던 어릴 적으로 돌아가야 한다. 거기엔 빨가벗고 헤엄치던 개울이 첨벙거리고, 어둔 밤 참외서리가 스리슬쩍 끼어든다.

'개똥'은 뜻이 둘이다. 기본 뜻은 '개가 싸놓은 똥'이고, 대개는 '보잘것없거나 엉터리 같은 것'을 낮잡아 이르는 말이다. 그래서 '개똥같은 소리'는 쓸데없는 소리가 되고, '개떵이'는 놀리는 말이 된다.

"이전이 저 산 밑이 개떵이네라구 있었잖유? 왜 그렇대유?"

"이, 아래뜸이 젊은 여자가 어른내 하날 데꾸 살었잖어. 근디 사람덜이 애 이름을 물르니께 걜 개떵이라구 불렀지. 그 젊은 여자두 머라구 불르기가 그러니께 기냥 개떵이 어매라구 불렀구."

어릴 적 아랫동네에 개떵이가 살았다. 내가 중학교에 다닐 무렵 산 밑 작은 초가에 사람이 들었다. 젊은 엄마랑 어린아이였다. 참 가난했다. 일품을 팔아 겨우겨우 살았다. 동네사람들은 아이 이름을 몰랐다. 아이 엄마 이름도 몰랐다. 사람들은 그 아이를 개떵이라 불렀다. 아이 엄마도 굳이 탓하지 않았고, 자연스레 젊은 엄마는 개떵이 어매가 되었다. 그들 모자는 몇 년 뒤 동네를 떠났다. 아이와 어매가 서로 마주보던 초가는 헐렸다. 그리고 지워진 흔적 위에 그의 이름 개떵이만 남았다.

개떵이는 아이를 놀림조로 이르는 별명이다. 예전 여름에는 종종 말라리아나 장질부사장티푸스가 찾아들었다. 옘병에 아이들이 쓰러졌다. 옘병은 지저분한 이름을 싫어했을까? 아버지와 할아버지는 아이 이름을 지웠다. 진짜 이름은 숨겨놓고, 지저분하고 천한 이름으로 아이를 불렀다. 죽지 말고 건강하게 살아달라고 손을 모았다. 그래서 옘병이 마을을 쓸고 가는 해면 집집마다 마을마다 개떵이와 쇠떵이가 쏟아져 나왔다.

서울에서 칼춤 추던 홍길동이가 충청도에 오면 횡길띵

이가 된다. 한강을 기어내린 거북이는 거벅이거뷕이가 되고, 서울 뚱뚱이는 여기 와 뚱떵이가 된다. 서울 개똥이가 한강을 건너 내려와 개떵이가 되는 충청도 말법. 문득 추억 속의 귓가에 어릴 적 이웃 아줌니들의 말소리가 들린다.

"개떵이덜이 몰려와 우리 감자밧을 다 흐집어 놨어." 개구쟁이들이 몰려와 우리 고구마밭을 다 헤집어놨어.

"그리기, 개떵인지 쇠떵인지 그눔덜 혼꾸녕을 내야겄구면." 그러게, 개똥인지 쇠똥인지 그놈들 혼을 내야겠구먼.

271

우리 손주사우는 무뚝구리여

새해가 됐다고 처가에 다녀온 아내가 나를 보고 물었다.
"자기 말야. 무뚝구리가 뭔 말인지 알아?"
"무뚝구리?"
"응, 무뚝구리. 우리 엄마가 잘 쓰는 말인데."
"물러. 통 뭇 들어본 말인디."

처가에 '무뚝구리'가 왔단다. 장모님의 손녀딸이 작년에
결혼했다. 손주사위는 경상도 대구 사내였다. 심성이 바르
고 건실한데다 덩치가 산만하여 보기만 해도 듬직했다. 그
런데 말수가 적었다. 쳐다보면 씩 웃고, 말을 건네면 기껏
한다는 말이 예, 아니오, 괜찮아요. 뭐 그런 정도였다. 처음
엔 처가가 어려워서 그런가 보다 하고 이해하려고도 했다.
그런데 1년이 지나도 변하지 않았다.
말을 하지 않으니 재미가 없다. 식구들 바쁜 중에도 말없

이 쳐다만 본다. 무슨 생각을 하고 있는지 모르니 일을 같이 하자기도 어렵고 혼자 빈둥거리고 있으라기도 싱겁다. 같이 놀기도 어렵고 멀뚱히 쳐다만 보고 있자니 그저 멋쩍다. 그러니 어머니와 올케가 얼마나 답답하겠냐고 아내가 내게 푸념이다.

'무뚝구리'는 '말이 없고 행실이 부드럽지 아니하여, 정을 나누기 어려운 사람'을 이르는 충청말이다. 비슷한 충청말에는 '무뚝배기'와 '뚝새'가 있다. '무뚝뚝이'란 표준어가 충청도를 뒤덮은 지 오래, 당연히 요즘 흔히 들을 수 있는 말들은 아니다.

세상에는 참 많은 말이 있다. 그 말들을 다 아는 사람은 없다. 같은 충청도 사람들이라도 쓰는 말은 조금씩 다르다. 지역에 따라 달라지기도 하고, 같은 말이라도 여러 개가 함께 쓰이는 경우도 많다. 누구는 표준어를 사용하고, 누구는 어릴 적 충청말을 간직하며 살아간다. 나는 '무뚝배기'니 '뚝새'니 하는 말을 들으며 자랐지만 '무뚝구리'는 처음 들었다. 그 귀한 말을 정리하며 충청말이 마당 가득 휘날리는 처가를 생각한다.

집안에 새 사위만 남겨두고 처가 식구들은 밖에서 일을 했단다. 그때 이웃에 사는 큰어머니가 마실을 왔단다. 자연스레 새 사위 얘기가 오가고, 장모님과 처남댁은 큰어머니께 이렇게 떠들었단다.

"우리 손주사우는 무뚝구리여. 사람은 존디 말이 너머 읎어 속이 터진다니께."

"그류, 무뚝구리도 세상에 그런 무뚝구리가 읎유."

소가 뒷걸음을 쳐?

"예전 소로 달구지를 끌거나 일을 할 때 소를 모는 사람이 앞으로 몰 때는 '이랴~, 이러~.' 이렇게 명령을 내립니다. 그러면 뒤로 갈 때는 뭐라 했을까요? 알고 있는 분은 알고 있다고만 말해주시고, 답은 나중에 알려주세요."

며칠 전, 가까운 선배 한 분이 sns에 올린 글이다. 소로 쟁기질을 하거나 달구지를 끌던 시절은 적어도 40년 전의 일이다. 1970년대엔 경운기가 논밭을 갈기 시작했고, 80년대엔 우마차나 소 쟁기질 보기가 힘들었다. 트랙터가 논을 갈고 모를 심고 바심을 하는 시절에 소를 모는 소리라니, 참 철없는 얘기다.

그런데, 참 많은 분들이 몰려들었다. 50~60대 분들이 수십 개의 댓글을 주르륵 달아놓는다. 젊은 분들에겐 상관없는 얘기지만, 소를 경험한 분들에겐 그것이 삶이고 소중한

275

추억이다. 여기 몇 분의 댓글을 추려 올린다.

"빠꾸 빠꾸 ㅎㅎ"

"소달구지 타고 싶다. 아, 옛날이여."

"워워는 서란 뜻이지요?"

"물러물러를 쉽게 발음하면?"

"전 알 것 같아요. 달구지 운전 잘해요."

"지역마다 달라요. 이랴~가자. 쩌쩌~빨리, 워워~서라, 소는 뒷걸음하면 발목 다쳐요."

"소가 뒤로 간다는 말은 못 들었는데…."

"우러우러, 무러무러."

"많이 들었던 말인데 가물가물~."

표준 국어사전에는 소를 부리는 말로 '이랴/이러, 워워, 쩌쩌'가 실려 있다. 국립국어원 우리말샘에는 '이러쩌쩌'를 소개하고 있다. 예전 우리나라는 농경 국가였고 소를 이용해 농사를 지었다. 그러다 보니 소 부리는 말은 전국이 비슷하다. 특히 경기 서울과 가까운 충청도는 표준어와 거의 같다. 다만 사전에는 소가 뒤로 가는 말은 보이지 않는다.

'이랴/이러'는 줄로 소의 몸통을 치며 앞으로 내몰 때 내는 소리다. 충청도에서는 '이러'라고 많이 했다. 소를 멈출 때는 쟁깃줄을 당기며 '와, 와와'라고 했다. 표준어는 '워워'다. '쩌쩌'는 발걸음을 멈추지 말고 그대로 나아가라는 소리다. 소를 마구 몰 때는 '이러이러, 쩌쩌쩌쩌'를 거듭 외

276

치며 줄로 소의 몸통을 친다.

　위 물음의 답은 '무러무러'다. 예전의 논밭은 경지 정리가 되지 않아 좁고 위태로웠다. 그래서 소를 돌이켜야 하는 상황이 잦았다. 그럴 때면 고삐에 맨 줄을 잡아당기며 소의 머리를 꺾어 돌아서게 하거나 뒷걸음치게 해야 했다. 소는 뒷걸음을 잘 못하기 때문에 상당한 기술을 요했다. 이에 상황에 맞춰 줄을 당기며 외친 소리가 '와와, 무러무러'였다.

새봄, 접것은 접어두고

"**접것**은 다리덜 뭇혀. 빨어서 다딤이루 뚜딜기야지." 겹옷
은 디리지 못해. 빨아서 다듬이로 두들겨야지.

"한즐기에 애를 **홑것**만 입혀 내보내믄 오쩐다니?" 한겨울
에 애를 홑옷만 입혀 내보내면 어떡한다니?

코로나의 세상에도 새봄이 왔다. 시냇가 버들개지 솜털
처럼 물오르고 들판 속 냉이싹이 문득 푸르다. 엊그제까지
눈발과 함께 펄럭이던 겨울 뒤로 내 속바지가 벗겨졌다. 갑
갑했던 종아리가 한편 시원하고 한편 써늘하다.

예전에는 옷이 귀했다. 의류공장에서 쏟아지는 값싼 옷
이 없었다. 특별한 경우가 아니라면 옷을 지어 입었다. 목
화를 심어 무명실을 잣고 삼대를 벗겨 베를 짰다. 목화실로
만든 무명옷은 쉽게 해졌다. 조그만 충격에도 떨어지고 찢
어졌다. 아침에 성했던 무명 양말은 저녁 무렵 발가락이 튀

어나오고 발뒤축이 허전했다. 그런 까닭에 이 땅의 어머니들은 바빴다. 겨우내 옷감을 짜고 옷을 지어야 했다.

무명옷이나 광목옷은 쉽게 때가 타고 쉽게 구겨졌다. 숯불 다리미로 다려 입고 나간 옷은 돌아올 무렵 주름살을 가득 키웠다. 다림질이 어려운 그 시절엔 다듬이를 썼다. 하얗게 빤 옷감을 접어 다듬잇돌에 올려 놓고 오래도록 방망이질을 했다. 추억은 늘 아름다운 법이라서 할머니와 어머니의 땀 서린 다듬이 소리 그립다. 그러나 그 시절로 돌아가라면 고개는 바로 비뚜로 돈다. 다듬이질이 그만큼 어렵고 힘든 탓이다.

'접것'은 겹옷이다. '홑것'은 홑옷이다. 광목천이나 무명천을 겹으로 옷을 지으면 접것이 되고 홑으로 지으면 홑것이 된다. 한 겨울 추위를 이기려면 겹으로 된 옷감 사이에 솜을 두어야 했다. 더위가 판을 치는 계절에는 얇은 홑것이 필요했다. 그런데 지금 세상은 이런 구분이 필요치 않다. 신식의 점퍼나 패딩처럼 옷 속에 짐승 털을 두는 경우가 있지만 일반적이지 않다. 요즘 옷은 홑것이라도 따뜻하다. 옷감의 종류나 두께에 따라 차가운 정도와 따스한 정도가 다르다. 그러니 접옷이냐 홑옷이냐의 구분이 없어졌다.

말은 시절을 담는다. 반대로 시절이 바뀌면 말이 바뀌는 것이 이치다. 충청말이 표준어로 바뀌면 충청의 색깔이 지워지고, 세상이 바뀌면 지난 세상의 말이 지워진다. 아침 출근길에 또 새봄이 왔다. 이 새봄도 시절이 가면 헌봄이 되고 추억이 될 일이다.

얼빠진 쩟다, 어벙이

"너 치매 검사해 봐. 새해 벽두부터 왜 깜박깜박 정신을 못 차리고 벙찐 겨?"

새해가 열렸다. 서울서 친구가 온단다. '12시 예산역 도착', 또랑또랑 기차표가 얼굴을 내민다. 어제 그가 보낸 카톡 사진이다. 시간에 맞춰 역 근처를 서성이는데 오지 않는다. 30분이 지나 '왜 안 오느냐?' 문자를 넣는다. 전화벨이 울리고 그의 음성이 귀를 때린다.

어제 기차표를 취소했단다. 부산에서 누이가 올라온단다. 그래서 부득이 예산에는 오지 못하겠노라 문자를 보냈단다. 나는 카톡을 다시 본다. 기차표 아래에는 예산에 못 오게 되었노라 문자가 찍혀 있다. 늘 그렇다. 나는 핸드폰에 신경 안 쓰고 산다. 당연히 오는 문자는 건성으로 본다. 어제도 그랬다. 친구의 카톡 문자를 확인했다. 그런데 내용

281

은 읽지 않았다. 내일 갈 테니 마중 나오라는 정도로 짐작하고 덮어 버렸다.

"나는 예전에 당진 산골서 목회를 했어요. 거기 사람들은 모자란 사람을 '쪘다'라고 하더군요. 그런 말 처음 들었어요."

'내가 좀 찌긴 쪘지.' 친구의 전화를 끊는데 문득 지난해 전화 주신 분의 목소리가 떠올랐다. 당진 시골에서 오래도록 목회를 했단다. 거기서 '쪘다'란 사투리에 당황했단다. 역 앞을 돌아서는데 '쪘다'가 뒷덜미를 잡는다. 충청말 사전을 만들어보겠다고 설쳐댄 이후론 늘 그렇다. 처음 들어보는 말이나 충청말을 들으면 다른 일이 손에 잡히지 않는다. 나는 컴퓨터 앞에 앉아 국어사전을 펼친다.

'쪘다'는 충청도 사람들이 '생각이 모자란 사람'을 이르는 말이다. 그렇지만 당연히 검색되지 않는다. 옛 기록에도 없고 표준 국어사전에도 없다. 다만 비표준어로 '찌다'와 '벙찌다'란 말이 조그맣게 네이버 사전에 얼굴을 내민다. '벙'은 얼이 빠진 모양, '찌다'는 기세가 꺾여 풀이 죽는 것이라 풀이했다. 이에 따른다면 '벙찌는 것'은 '얼이 빠져 판단 능력을 상실하는 것'이다. 그러니까 '쪘다'는 얼빠진 사람이고, 그런 사람은 '어벙이'가 된다.

벙찌는 것. 쪘다. 어벙이. 이들은 모두 충청말이다. 충청도에서는 얼이 빠진 것 같은 상태를 '얼빵하다'고도 한다. 이는 얼이 빠져 벙 찐 것이다. 나는 늘 '얼빵하다'. 나만의 상상 속에 빠져 있다. 그러다 보니 종종 세상과 소통이 끊어진다. 이 새해에도 나는 죽 그럴 것만 같다. 조금 얼빵한 어벙이, 조금 모자란 어리버리어리바리 쩻다로 살아갈 것만 같다.

아래에 '쩻다'와 이어진 '모자란 사람'을 이르는 충청말 몇 개를 늘어둔다.

- **"쩻다**가 고집을 세믄 사람 잡넌다." 모자란 사람이 고집을 피우면 감당하기 어렵다.

- "그런 **쩻다**를 데려다가니 먼 일을 시키겠다넌 겨?" 그런 모자란 사람을 데려가서 무슨 일을 시키겠다는 거야?

- "사람이 점 **쩌서니** 사람덜이 상댈 안혀." 사람이 좀 모자라서 사람들이 상대를 안 해.

- "그 사람이 어려서니 정끼驚氣를 많이 히서 점 **찌긴** 힜넌디 착허구 시키넌 일은 잘 힜어." 그 사람이 어려서 경기를 많이 해서 좀 모자라긴 한데, 착하고 시키는 일은 잘했어.

- "갑자키 일을 당허니께 벙 **쩌서니** 말두 안 나오더라구." 갑자기 일을 당하니까 정신이 없어서 말도 안 나오더라고.

- "일을 그렇기 **얼빵허게** 츠리허넌디 누가 네기다 일을 맥기겄냐?" 일을 그렇게 모자라게 처리하는데 누가 너에게 일을 맡기겠니?

- "사람이 점 **얼빵혀서** 넘덜헌티 당허기만 헌당께." 사람이 좀 모자라서 남들에게 당하기만 한다니까.

홀태는 써봤자 죙일 베 한 섬

"벳마지기나 짓넌 사램덜이야 **홀태**를 쓰남? 죙일 **홀태**루 훌트야 베 두어 섬 될까 말깐디, 그건 농사처 즉은 사램덜이 쓰넝 거여." 농사를 많이 짓는 사람들이야 홀태를 쓰나? 종일 홀태로 추수를 해봤자 벼 두어 가마나 될까 말까인데, 그건 농사를 적게 짓는 사람들이 쓰는 거야.

"자리개질은 남자덜이 힜구, **홀태**는 여자덜이 쓴 겨. 죙일 **홀태**를 써 봤자 베 한 섬빼끼 더허남? 그르구 가난헌 소작인덜이 초렌베를 벼다 헐 적인 마름헌티 들키지 않으야 허닝께 집안이서 몰래 **홀태**를 쓰기두 혔지." 자리개질은 남자들이 했고, 홀태는 여자들이 쓴 거야. 종일 홀태를 써 봤자 벼 한 가마밖에 더하나? 그리고 가난한 소작인들이 초련을 베어다가 추수를 할 적에는 마름에게 들키지 않아야 하니까 집안에서 몰래 홀태를 쓰기도 했지.

전통의 추수 방식에 대해 알아본 적이 있다. 위 문장에

284

나오는 '홀태바심'은 그 중 하나로, 여러 어르신의 설명 가운데 둘을 뽑은 것이다.

'홀태'는 사람의 손으로 낟알을 훑어 떨구어 내는 탈곡 도구다. 나무판 위에 빗살처럼 촘촘히 쇳날을 세우고, 그 사이에 벼이삭을 넣고 잡아당겨 낟알을 떨구는 농기구다. 충청도에서는 지역이나 사람에 따라 '홀테'라 쓰기도 했다.

예로부터 이어져온 탈곡 방식의 핵심은 '자리개'를 이용한 '개상바심'이었다. '자리개'는 볏단을 감아 어깨 위로 들었다가 내리칠 때 쓰는 1미터 남짓의 밧줄이다. 벼 타작을 할 땐 '개상'이란 통나무를 세워 놓고 장정 두 사람이 마주 섰다. 자리개로 볏단을 먼저 감아올리는 타작꾼을 '상개생이'라 했다. '상개생이'는 구호나 노래를 부르며 볏단을 내리치고, 마주 선 사람이 노래를 받으며 볏단을 내리쳤다. 부르고 받는 가락에 따라 자래개질이 서로 어울렸다. 그러면 낟알들이 개상 아래로 쏟아졌다. 이를 '개상바심'이라 하고, 이때 '개상'은 농사처가 많은 부자들이 쓰는 것이었다. 보통 농가에서는 나무 절구통을 바닥에 고정시켜 놓고 개상 대신 사용하였다.

'홀태'를 이용한 탈곡 방식은 '홀태바심'이라 했다. '홀태바심'은 한 주먹 정도의 벼를 '홀태'의 살에 끼워 잡아당겨야 했기 때문에 종일 해 봐야 한두 가마니도 되지 않았다. 그래서 주로 노인이나 여자들이 담당했다. 그리고 이는 농사를 적게 짓는 가난한 이들의 탈곡 방식이었다.

두 번째 문장에 들어있는 내용은 가난한 소작농들의 이

야기다. '초렌베'는 벼가 충분히 익기 전에 미리 베어다 먹는 벼를 이르는 충남말이다. 예전에는 땅을 빌려 주고 이를 관리하는 '마름'이 있었다. 마름은 소작인의 농작물을 감독하고 지세인 '도조'를 받아가는 사람이다. 일제 강점기부터 해방 이후의 도조는 소출의 절반이었다. 이에 소작농이 땅 주인에게 도조를 내기 전에 벼를 베어다 먹는 일은 금기였다. 그러니 마름 몰래 벼를 베어 먹으려면 표가 나면 안 되었다. 땅 빌린 값인 '도조'를 주고 나면 남는 게 없던 시절, 자기가 농사지은 벼를 자기가 도둑질해야 하는 빈곤한 농촌상이 드러나 있다. 이에 대한 것은 또 다른 어르신이 들려준 아래 문장에 잘 나타나 있다.

"이전이 소작인덜은 초렌베를 벼다 먹을 수빼니 읎었어. 먹을 게 읎으니 오쩌겄어. 마름 몰래 초렌베를 벼다 먹구는 야중이 정을 치넌 사람두 많았지." 예전에 소작인들은 초련을 베어다 먹을 수밖에 없었어. 마름 몰래 베어다 먹고는 나중에 큰일을 겪는 사람도 많았지.

286

돌봇돌과 물레방아

- "방죽은 물이 즉으니께 흑보를 쌓구, 개울물은 넘치야
  니께 돌보루 쌓넌 겨."

'돌보'는 돌로 쌓은 보洑다. '보'는 물길을 막기 위해 쌓
은 둑이다. 그러니까 '돌보'는 돌을 쌓아 개울물을 가둔 것
이다. 사철 흘러내리는 개울은 흙으로 막으면 작은 비에도
쓸려버린다. 그래서 선조들은 개울물을 막을 때 돌을 썼다.
가물 때는 물이 안에 고이고, 비가 내리면 흘러 넘쳤다. 그
래서 일정한 수위가 유지되었다.
'봇돌'은 논에 물을 대기 위해 만든 물길이다. '돌'은 옛
말 '돌ㅎ'에서 'ㅎ'이 떨어진 말로 물길 따라 흐르는 물줄기
다. '돌ㅎ'에 '-앙'이 붙으며 '도랑→또랑'이 된다. '-강'이
붙으면 '똘강'이나 '똘캉'이 되었다. 이런 말들은 모두 충청
과 전라 방언이다. '봇돌'도 마찬가지다. 서울 지방에서는 '봇

돌'을 '봇도랑'이라 한다. 이런 까닭에 서울에서는 '개울'을 막아 '봇도랑'을 만들었고, 충청도와 전라도에서는 '갱굴'을 막아 '봇돌'을 만들었다.

> • "보통 **돌봇돌**은 논이루 들어가넌 물질인디 거긴 아녔어. 지끔은 시멘트보루 배뀌었지면, 애체이 그 **돌봇돌**은 물레방아를 돌리너라 맹근 거라니께." 보통 봇도랑은 논으로 들어가는 물길인데 거긴 아니었어. 처음부터 그 봇도랑은 물레방아를 돌리기 위해 만든 거라니까.

내 고향 예산군 대술면에는 '돌봇돌[돌뿓돌]'이란 지명이 있다. 개울 앞으로 산이 있고, 그 산 아래 몇 가호의 집이 있었다. 사람들은 그곳을 '돌봇돌'이라 불렀다. 예전에 나는 그곳을 지나노라면 '참 이상한 동네 이름도 있구나' 그리 생각했다. 그리고 훗날, 나는 마을 앞으로 흐르는 개울을 만나고, 그 개울을 막은 돌보를 보면서 그 뜻을 알아챘다. 그러니까 '돌봇돌'은 '돌보를 쌓고 낸 또랑'이다.

내 어릴 적 그 '돌봇돌'의 물길은 아랫동네로 길게 이어졌다. 2킬로를 흘러간 뒤에야 물줄기는 물레방아 위로 쏟아졌다. 보통 큰물이 지나는 동네의 물레방아는 개울 옆에 있기 마련이다. 그러나 내 고향의 물길은 자그마했다. 경사가 완만하여 느릿느릿 흘렀다. 그래서 먼 위쪽에 돌보를 쌓아야 했고, 그 낙차를 이용해 물레방아가 돌아갔다.

지금도 그곳에 가면 '돌보'가 있다. 아랫동네 물레방아가

어지럼증으로 지쳐 쓰러지자, 기적처럼 돌보 곁에 신식 정미소가 들어섰다. 그 정미소는 철 지난 물레방아에 절구질을 하던 것처럼 절쿵절쿵 정미계를 돌린다. 돌보는 시멘트보로 바뀌고, 여전히 개울물은 흐르고 방아는 돌아간다. 물레방아를 따라 봇돌은 사라졌지만, 그 동네 이름은 거기 그대로 남아 지금도 '돌봇돌'이다.

사투리는 나쁜 말이 아니다

나는 충청도 사투리를 참 많이 쓴다. 전에 서울에 있는 친척집에 가거나, 아는 친구들을 만나면 '너는 국어학을 공부한 사람이 왜 그리 사투리를 많이 쓰니?'라는 말을 듣곤 했다. 내가 국어학을 전공한 사람이니 그 정도로 말한 것이지, 실제로는 배운 사람이 왜 표준어를 쓰지 않느냐 힐난하는 것으로 느꼈다.

지방에서 쓰는 말이 모두 사투리는 아니다. 표준어와 다른 지방말이 사투리다. 서울에서 '밥을 먹는다' 하는 것을 충청도에서도 '밥을 먹는다' 하면 이 말은 충청도 방언이면서 표준어이다. 표준어에 '학교'라는 말이 있는데, 그 말을 충청도에서 '핵겨'라 하면 '핵겨'는 '학교'의 사투리가 되는 것이다.

대학에 다닐 때 우리에게 국어학을 가르치던 교수님이

계셨다. 경상도 분이었는데 늘 경상도 말로 대화하고 경상도 말로 강의를 하셨다. 언젠가 그분께 우리가 여쭈었다.

"선생님은 국어학 시간에 왜 경상도 말로 강의를 하시나요?"

라고. 그때 교수님은 짧게 대답했다.

"내 말을 몬 알아듣겠나?"

"알아들을 수 있으면 되는 기 아이가? 내는 겡상도 사람이다."

그랬다. 억양이 있고 느낌이 다른 것뿐이지, 서로 못 알아듣는 일은 없었다. 조금 이상한 느낌 이상으로 경상도의 냄새가 새롭게 느껴지기도 하였다.

우리가 다른 나라 사람과 만났을 때, 우리말을 아는 다른 나라 사람이라면 굳이 외국어를 써야 할 필요는 없다. 우리가 다른 나라에 가서 우리말을 쉽게 잊는 것보단, 우리말을 잊지 않기 위해 애쓰는 사람이 더 아름다운 법이다.

방언이나 사투리는 나쁜 말이 아니다. 충청의 방언이나 사투리가 나쁜 말이라면, 어쩌면 우리 국어도 영어에 비해 나쁜 말이 되어야 한다. 우리 국어가 훌륭한 말인 것처럼 충청의 방언과 사투리도 훌륭한 말이다. 공식적인 자리나 의사소통에 문제가 있는 자리라면 표준말을 써야할 것이다. 그렇지만 앞뒤 구분 없이 지역말은 쓰지 말아야 한다든지, 사투리를 안 좋은 말이라고 비하하는 일은 없어야 한다.